Histórias prováveis

Marco Aurélio Cremasco

Histórias Prováveis

EDITORA RECORD
RIO DE JANEIRO • SÃO PAULO

2007

CIP-Brasil. Catalogação-na-fonte
Sindicato Nacional dos Editores de Livros, RJ.

Cremasco, Marco Aurélio, 1962-
C937h Histórias prováveis / Marco Aurélio Cremasco. – Rio de Janeiro: Record, 2007.

ISBN 978-85-01-07652-6

1. Conto brasileiro. I. Título.

07-0576 CDD – 869.93
CDU – 821.134.3(81)-3

Foto de capa e do autor: Solange Cremasco

EDITORA RECORD LTDA.
Rua Argentina, 171 – Rio de Janeiro, RJ – 20921-380 – Tel.: 2585-2000

Impresso no Brasil

ISBN 978-85-01-07652-6

PEDIDOS PELO REEMBOLSO POSTAL
Caixa Postal 23.052
Rio de Janeiro, RJ – 20922-970

Para Solange Cremasco,

por nossa história
e por aquele velho poema
que lhe prometi

SUMÁRIO

HISTÓRIAS PROVÁVEIS

Deixou uma pasta amarela como quem se livra de obrigações, transferindo-as para mim. Dias depois, morreu. Ao abri-la, notei um caderno velho, recheado de letras escritas por alguém sem paciência. Havia centenas de folhas: poemas, historietas, partituras, exercícios de extração da raiz quadrada do pi até a nonagésima oitava casa decimal. Desenhos e desenhos de nuvens cheias de "v" entortados, imitando passarinhos, e no rodapé da última folha, escrito em gótico: Fim.

1.

João Flores nasceu catando cavacos. Construiu sua casa no canto mais comum do mundo. Na cozinha havia pão e sopa de letrinhas. Tinha compromisso com a tristeza, mas nutria-se de felicidade. Pensava e dispensava na mesma facilidade. Andava de olhar fechado, porém aberto às besteiras. *Nada é tão importante quanto um sabonete: vive escrevendo cheiro por onde escorrega* – era a sua máxima ou mínima (se é que existe importância no arco-íris aprisionado em uma bolha de sabão). Trazia a vida em um saco de coisas. De vez em quando abria o bendito embrulho e passava horas vendo o vento brincar por entre os dedos.

2.

Era doida. Maluca comum. Comia o vento. Bebia a chuva que do céu não caía. Nem sei explicar. Chuva, vento que só ela conhecia e disso se nutria. Era doida e amava um doido. O doido era doido. À luz do dia saía de guarda-chuva aberto e com um minúsculo buraco pelo qual entrava gota aqui gota acolá da chuva da doida apenas para lhe saciar a sede, se é que sede havia, pois chuva que é chuva ninguém sabia e nem a via. Andava assim por amor à sua doida. Quem sabe por isso as pessoas acreditavam que os doidos eram doidos e mais doidos ficaram quando os doidos se casaram e de doidice pioraram quando mais doidos nasceram. Os filhos tornaram-se importantes: um descobriu o caminho para Luê. A outra decodificou o DNA do cefalôndrio. A terceira nada fez a não ser colher flores de vento regadas pela chuva dos pais.

3.

Sons e cegueiras repartem o quarto das almas neste começo de século, se é que corpos virtuais as possuem. Isso pouco importou na madrugada em que Aderbal nasceu e, em seguida, o gêmeo Ademir. O caçula, logo nos primeiros balbucios, em vez de falar mamãe ou papai, tascou Bal, e Bal o irmão Aderbal ficou. Explicada a origem do nome, esqueçamos o pequeno Miro, concentremo-nos em Bal, o Belo. O codinome, Belo, deveu-se à natural maldade dos meninos da infância, alcunhando-o por ser coxo e cego do olho esquerdo. Não se sabe se de cegueira, mas possuía majestoso azul-turquesa encravado na fossa celeste, da qual vazavam anjos, e a da direita abrigava o castanho-vulgar, cujo fogo causava inveja às profundezas infernais. Cresceu como todo menino, apesar da esquisitice de ser clássico feito centauro. Aprendera com a vizinha louca, a Benedita, a amar música erudita. Do vizinho surdo, Vitorino, a tocar violino. Da puta velha aposentada e quase muda, madame Vesta, os segredos das partituras e em especial sobre orquestras. Imaginava Bal, o Belo, estar no meio dos pares de Haydn ou de Meyerbeer. Via-se liderado pelo mestre Berlioz. Crescia Bal. A perna direita insistia em manter-se na idade dos nove, enquanto a esquerda beirava os dezenove. Sem mencionar o olho azul-turquesa: como era belo. Como inesquecível aquela noite se deu: estava Bal em um palco, no meio da segunda coluna do segundo coro de violinos, posto à direita do maestro. Não se podia identificar o regente: Furtwängler, von Karajan ou Mahler. Lá estava Bal, o da mão sinistra. O coro, destro, punha-se a ferir, com o arco, as cordas da direita para a esquerda. Bal, pacientemente, acomodava a chanfradura do seu instrumento no ombro direito e o tangia da esquerda para a direita. Sublime ver o movimento do dorso de Bal de lá pra cá e os outros de cá pra lá. Disritmia de corpos, das respirações, de sons. Toda a orquestra parou; exceto Bal, que flutuava com a música. Mahler, esse o maestro, ao intencionar protesto, foi interrompido por um zunido em mi_6 seguido de um arco alvejando-lhe o saco. Era o anjo Nicolò Paganini que, utilizando-se de seu violino como arco e o arco do violino como flecha, viera sacar Bal daquele lugar e jogá-lo no meio da bateria da Portela. Bal encontrou-se ao ver-se mestre-sala de uma vampira banguela, porta-bandeira nota dez. Sambar com a perna coxa? Brilhavam e como brilhavam o azul-turquesa e o castanho-vulgar na face de Bal em pleno Sambódromo, sem ser notado pelos olhos metálicos dos robôs na Sapucaí.

23.

O dia escreveu contas gris no céu. Chuva de gotas mortíferas encantou a uma libélula. Seria a sua primeira e última vez de experimentar o gosto de água das nuvens. Correm-se os ditos que fora imprudência e para outros, recompensa. Reza o observado que a pequena queria conhecer o Sol. Os mais idosos, compreensíveis das ingenuidades, apontaram-na uma lâmpada: lá está a estrela mágica. Vá apenas ao vislumbrar, por trás dela, pano azul-celeste. Esqueceram, conquanto, ainda que precavidos por sabedorias, que a libélula era daltônica. Não muito a escrever. Ao perceber-se capaz de subir, assim o fez e assim foi. Acertada por primeira e única gota vinda das nuvens, espatifou-se entre os seus. A pobre não conhece cor, era o comentário, enquanto os sábios, envoltos em umbigos, saíram de fino procurando outros casulos: ou para esconderem-se envergonhados ou para esperarem por outra libélula e testarem nova teoria ali despertada: vamos aprender com os pirilampos a arte de enxergar no escuro.

31.

Palavras represadas e prontas para sair. Desencontradas no verso, como diria o Flávio Augusto, distante poeta de Maringá. Pouco ou nada havia de insólito no grito de revolta daquela ameba azul. Sonhava ser decodificada, tal como ocorrido fora com a distante prima *Xilela fastidiosa*. Desejo esse, se atendido, não o queria feito por obra dos seres absurdos de carne e de osso. Desmistificada a partir de uma costela de outra ameba. Se assim se desse o fato, ambas as amebas partiriam da Terra no bucho-nave de algum humano para colonizarem o solo marciano. Seriam ameva e amadão recriando a Criação a partir de um peido terráqueo de fazer inveja ao sopro divino. Idéia esdrúxula essa, não? Dúvida não me resta. Amebas em Marte? Melhor seriam lombrigas. Pousariam naquele planeta após cagada cósmica, como a de Pedro I antes do grito-alívio do Ipiranga. Isso sim faz sentido e elas concordam comigo, revirando-me o intestino delgado.

56.

Ontem encontrei um livro que fala. Não se trata de livro virtual ou de fita cassete do século XX. Escrevo "livro" na sua forma-padrão de papel, tinta e capa. Sem influência da tecnologia da informação. O livro, gasto pelo tempo, temperatura e umidade, dizia-me frases aleatórias. Engolia vocábulos e encontros vocálicos, em especial ditongos decrescentes. Falava. Falava. Sufocava-me, carente de regência e de pontuação. Afogava-se, prolixo, em círculos verbais vindos de uma lágrima havia tempo evaporada, legando imperceptíveis grânulos salinos a quem quisesse descobri-los. Virei-o para tudo quanto é lado. Folheei-o e encontrei rabiscos que vim a descobrir serem de minha bisavó. O livro ficou assustado com a descoberta. A despeito de amarelecido, retomou o branco originário de suas folhas para, a seguir, tornar-se transparente. Invisível como a lágrima extinta, deixou-me à memória leve sensação salgada, poupando-me explicações.

89.

Ficava zanzando por aí de modo a ter como residência esporádica pequena poça que o abrigava. Tudo o que lhe ocorrera corroera lembranças. Dessa ou de outra maneira lhe coubera, pouco de tudo em passado quase recente importava. Isso importava e por isso tangia precioso zunido. E como! Suor e ovos alados. Abandonou os óculos de centenas de lentes e ficou maravilhado com a situação do mundo aos pedaços. Completou-se com as virtudes dos imorais. Tudo resolvido, pensou. Despiu-se e sobrevoou a cama daquela diva com o violino pronto a zunir. Foi abatido entre duas mãos suaves e com leve odor cítrico. Morreu, enfim, o pernilongo, como sempre quis: entre aplausos.

98.

O que há de ser da memória de Kafka?, refletiu a barata macho. A jovem humana, por sua vez, não ouviu os lamentos do blatídeo. Este continuou com as lamúrias. Antenas antes ligadas ao dia-a-dia murcharam e foram arrastadas pela sala, cozinha. O tal do Gregório não lamentaria tamanha desgraça. Pudera, observou a jovem ao presenciar a situação vexatória do inseto: o barato da barata não passa de algumas cheiradas de inseticida. Cômica a situação: a barata, por não agüentar o peso da gravidade, cedeu e balançou as perninhas para o céu, sendo avaliada por aquele anjo de mocinha. Ela ocupou-se com a barata, como Narciso debruçado no lago, definhando horas a fio, descobrindo a própria existência encarcerada naquele inseto.

115.

As folhas são flores modificadas, inclusive os genes são desertos de amigoácidos. Somos vermes que pensam. Tudo isso passou, em um trisque, pela cabeça de uma boneca de pano, sem corpo, desamparada sem querer, por Regiane e Maria Carolina, na penteadeira da avó, D. Maria. Cadê a minha tuba?

128.

A saudade veio perguntar a razão de não ser entendida pra lá do Tejo e eu aqui no brejo. Os sapos bem que coaxaram, mas não acharam a solução. Soluçaram noite afora, a ponto de os pirilampos esconderem-se na casa de um caramujo. A noite, como era de esperar, ficou sem brilho para, depois, encontrar sentido na alvorada.

157.

A vida? Por isso toco tuba e, raramente, acordeão.

161.

Estou abraçado à minha idade. É o que me resta. Lembro-me de outros da infância distante do instante do que aqui escrevo. Rejuvemesqueço. Ouço música antiga: século passado. Atiço moscas, pernilongos, baratas, besouros. Recado na secretária bariônica. Engano. Faço do vago ondas no mar. Desligo bit incômodo que me pinica neurônios. Já sei: brincarei de pirata só para navegar nas ondas eletromagnéticas desse mar que me levarão ao Sol. Perdi o tempo, a velocidade e, de vez, a minha tuba.

175.

Posso escrever o seu sonho bem aqui, neste diário engrandecido por um sentimento seu. Bem aqui. Será que o sonho aqui estará bem guardado? Digo escrever. Digo escrever como quem inventa bisões gravados em grutas há 20 mil anos, visto que daqui a 20 mil seremos esqueletos na encruzilhada do *Homo virtualis*, restando-nos o polegar e o indicador. A função do primeiro é matar piolhos e a do segundo, apontar o universo, buscando nas estrelas alguma esperança para o seu olhar.

184.

Em 2053 não estarei vivo. Não terei o privilégio de ver as coisas que nem imagino existir. Não terei o prazer de sensações que sequer sonho experimentar. A maioria das pessoas que amo ou me amam ou nutrem algum afeto estarão distantes, tão distantes que, às vezes, eu até poderia entristecer. Mas em 2053 eu também estarei longe. Quem sabe? Pouco mais perto de uns poucos, que aos poucos somado faz o suficiente, se não o bastante. Saudade antecipada daquele que nem virei a vir nascer ou do outro que, em vida, nem cheguei a conhecer. Em 2053.

197.

Fim. *Escrito em gótico, como gárgulas das igrejas de Praga.*

O LIVRO DE GEOGRAFIA

Teo resolveu escrever um livro de Geografia. Teria desde o Big Bang até a descrição das ruas de sua cidade natal e de sua gente. *Geografia Universal*, a obra a ser batizada. Sentiu forte dor de cabeça no instante em que pensou iniciar o livro. Dor semelhante à que Zeus experimentou ao parir Atena. Uma luz seguiu a sensação do desconforto. Do seio da luz, uma silhueta cinza tomou forma na mente de Teo e perguntou: Geografia Universal? Por acaso você viajou adiante da velocidade da luz? No lugar onde não é lugar, mas um ponto atemporal longe da noção do espaço-tempo? O que sabe da influência do tempo de Planck na distorção dos gases primordiais que geraram e continuam parindo constelações? Constelações!, exclamou Teo. Quem visitaria além do berço de Oor?, indagou a sombra acinzentada. Não perderei gotas de suor para descrever nebulosas, respondeu Teo. Haverá alguém que percorrerá toda a Via Láctea?, contrapôs a silhueta, para continuar inquirindo-o: o tempo será o suficiente para descobrir-se em alguma vida depois de o Sol explodir e devorar a Terra? Creio que eu deva tratar o tema como *Geografia do Sistema Solar*, interpôs Teo, afinal de contas temos alguns segundos antes de a nossa estrela se pôr na eternidade. É um bom começo, suspirou a silhueta antes de desvanecer. Um carontiano, filho do satélite de Plutão, saltou das páginas de uma revista de astronomia e fulminou o pensamento de Teo: esteve e conhece qualquer planeta do Sistema Solar? Quantas luas se rendem a Urano? Onde fica o décimo quinto planeta? Quantas crateras abrigam a face oculta da Lua? Lua, planetas... Não seria possível descrevê-los sem que eu decifre os cometas que nos cometem a cada ano, ponderou Teo. Se Geografia Universal ser-me-ia pretensiosa, Geografia do Sistema Solar fica-me impossível. Não me candidatei a astronauta em Alcântara ou fiquei por horas no Observatório de Capricórnio para mais bem apreciar o céu recheado de segredos. Você tem razão, resignou-se Teo, melhor tratar de pôr os pés no solo. *Geografia da Terra* é mais apropriado. Nem bem o carontiano diluíra-se nos poros do geógrafo, um japonês caiu de pára-quedas através de uma pequena fresta no teto em que aquele estava, para cutucá-lo em dores frontais: conhece a face do Fuji, contemplado da baía de Suruga? Mergulhou no rio Nikko e brincou com os macacos mágicos que tapam a visão para não enxergar o mal, a boca para não falar o mal e as orelhas para não escutar o mal? O que você, Teo, afinal, aprendeu com Mi-zaru, Iaw-zaru e Kika-zaru? Além disso, continuou o oriental, quantas pessoas substituem o robô na fábrica da saudade, em Tóquio? Antes que Teo esboçasse reação, outro asiático despertou da ponta incandescente do cigarro do geógrafo. Raa,

Haa, Baa, Thaa. O quê?, sobressaltou Teo com a dor que acentuara em sua cabeça. Faafu, Daalu, Laamu, Vaamu, Gaafu-Daalu, Gaafu-Alipu, Meemu. Não entendo línguas primitivas. Línguas? Não me causa surpresa!, o asiático disse, as Maldivas, perdidas no Índico, não são capazes de lhe indicar o caminho ao conhecimento. A propósito, quantas ilhas separam as Maldivas das Coréias? Quantos dialetos são falados na Malásia? Esteve na Indonésia? Bebeu do rio Mekong junto ao templo de Angkor-Thom, no Camboja? Bailou em Bali com os aldeões de Plaitan? E o mar de Celebes, no Timor? Navegou o rio May, afluente do Sepik, na Papua-Nova Guiné? Mar dos Corais, na Tasmânia? Quantos sobrevivem ao deserto da Austrália? Teo permaneceu em silêncio, enquanto um monge budista surgiu de um quadro que estampava Annapurna, no Himalaia nepalês. O sábio quis saber quantos grãos de sofrimento foram necessários para construir a Grande Muralha da China. Apesar das facetas da Índia, da pele azul de Vishna, das ondas do Havaí, dos prados da Mongólia. Apesar de o coração relutar, Teo admitiu que era, tão-somente, um curioso. Confessou que não conhecia os lugares que os estranhos visitantes até então mencionaram. De forma lógica, segundo a sua lógica, assumiu que a descrição da Geografia da Terra não seria possível. Com aceno contido de despedida aos asiáticos prometeu-lhes *Geografia Ocidental*. Da África, da Europa ou da América?, perguntou um angolano que estava escondido na sobrancelha direita do escritor. Desses continentes, bem dito, retrucou Teo. Teve a fome de Baidoa, na Somália?, interrompeu o africano para continuar provocando-o: o que é África? Não a Terra-Mãe da qual nascemos, mas aquela descaracterizada por revoluções e incontáveis invasões. Esteve nas campinas verdejantes do paraíso dos rinocerontes? Cantou junto com a tribo KnwaNdebeleda, na África do Sul? Desceu na cratera de Ngorongo, na Tanzânia, para repousar nas garras dos leões ou subiu nos montes Virunga, em Ruanda, para apanhar folhas tenras com os gorilas? Banhou-se no Nilo e colheu os juncos que não se dobram sequer ao vento mais afoito, ensinando-nos a sabedoria da paciência e da tolerância? Teve o prazer de não reconhecer o que está nos hieróglifos perdidos nas pirâmides do Egito? O desconhecido? O indecifrável? Não conheço a África, explicou Teo. Não só a África, emendou um europeu recém-saído de uma taça de vinho português que bebia o geógrafo enquanto divagava. Conhece a vegetação da Floresta Negra, o rio Volga, as montanhas da Escócia, as vinhas da Espanha? Sabe onde fica o túmulo de Beethoven? Visitou Finnmarksvida, na Noruega, acariciou a face no lago Mariefred, na Suécia, ou descansou em alguma das saunas da Finlândia? A Grécia, Santo Deus, você conhece a Grécia? Não tem sentido não conhecer a pátria do pensamento ocidental sem antes ter se debruçado sobre os monumentos caiados de Atenas. Leu as inscrições taurinas em Creta? Passeou por Paris ou lançou moedas na Fontana di Trevi, em Roma, na busca do primeiro amor? Deliciou-se com a visão do lago Interlaken, visto do Alpes suíços, ou contemplou a catedral, na Münsterplatz, em Berna, em cujo teto do pórtico se vêem o Céu e o Inferno, com o Miguel Arcanjo lutando contra o Mal? Plantou-se em um dos degraus da escada rolante sem fim da estação Musk, em Praga, levando-nos à profundeza do ser humano? Conheceu a rudeza do antigo regime tcheco, que conseguiu secar a delicadeza, a polidez e a flexibilidade do povo? Sentiu a prisão desse povo a um passado enjaulado no mofo do seu castelo mais famoso? Não, por certo não compartilhou a dor que salta da rotina daquela gente que, por enquanto, não aprendeu a hipocrisia do Ocidente. Teo, apreensivo, argumentou: estive em alguns desses países; mas tanto você quanto o angolano estão certos. Devo me ater à perfeição, aos lugares que conheço. Escreverei sobre o outro lado do Atlântico: *Geografia das Américas*. Nem bem o africano e o europeu sumiram nas goteiras que aumentavam no teto da sala em que estava, Teo foi tomado por outra voz, incomodando-lhe os tímpanos: quantos cubos de gelo são necessários para o iglu?, gritou um esquimó, aflito, do interior da geladeira que boiava, esquecida, no canto da sala. Conhece o estreito de Bering? Ralo espaço entre os dedos de Deus e do Homem, como se tirado da Capela Sistina para ser rememorado no topo da Terra, separando as Américas da Ásia. Alasca. Terra imensa do Canadá que abriga Sainte-Anne e toca a gélida Groenlândia, pela qual se percorre o olhar pelo fiorde de Inglefield. Quantos lagos formam os Grandes Lagos?, completou um pequeno polegar de Nova York que se deliciava brincando de esconder-se entre os dedos da mão de Teo. Conheço os brinquedos em Orlando!, assegurou o geógrafo. O norte-americano escalou o dorso de Teo até atingir a orelha deste querendo saber: percorreu as avenidas de Denver? 16th, Sheridan, e descobriu que no cruzamento da Hampden com a Yosemite mora um sorriso que se lançado ao oeste encontra, nas montanhas coloridas do Colorado, o brilho tímido de Keystone? Conheceu a Flórida e descobriu o estreito que separa americanos de cubanos no mar de Marathon? Lá a paz existe no azul que nos anula e nos torna pedaços do mar. Azul sem definição; a não ser a cor, oferecendo-nos a impressão confusa de que tudo é céu e não há inimigos na face deste planeta... recheado de feijões mexicanos saltitantes... em voz revoltada, completou Teo nem percebendo que o americano se dissipara na tragada do cigarro. Com sorriso calmo, um bruxo panamenho saltou do olho esquerdo de Teo: é o suficiente conhecer feijões? Muito bem, arrematou o geógrafo, a minha alma não confessa o que os meus sentidos não experimentam! Será *Geografia da América do Sul.* Fala espanhol? Teo, de imediato, voltou-se para baixo e deparou-se com uma índia peruana que lhe roçava as pernas, enquanto o panamenho desaparecera ao contemplar a beleza daquela mulher. Viu nela traços que lembraram os asiáticos. Atordoado e com o tema para o livro de Geografia desgastado por tanta insegurança, não teve tempo para pensar. Qual a cor do condor? Onde fica o Equador: linha imaginária; terra querida que guarda na sua geografia as ilhas Galápagos? Teo, você entrou embaixo das lágrimas pulverizadas da catarata de Angel, na Venezuela? De qual mina brota o Amazonas? Qual é o nome desse rio no meu país? Já chorou, irmão, ante a beleza andina? Atravessou a ponte metálica sobre o rio enigmático, recortado de ilhotas, e deparou-se com a ira divina que desaba em águas nas rochas da Garganta do Diabo nas cataratas del

Iguazú?, sussurrou uma portenha de La Ventana perdida entre os cabelos de Teo. Sentiu o aroma dos crisântemos amarelos que atapetam os pés dos Andes, em Portillo, no Chile? Contemplou o Pacífico por Neruda, posto em seu túmulo, junto com a sua amada também ali enterrada, em Isla Negra?, arrematou uma chilena oculta nas narinas de Teo. As sul-americanas foram absorvidas por uma gota de suor do geógrafo, misturando-se ao chuvisco a tomar conta da sala. Respirou, cofiou a barba para, em chiste de ira, gritar: basta!, *Geografia do Brasil* é o que me resta. Solimões, rio Negro, Araguaia; a ilha de Marajó é um país, afirmou um paraense, refugiado no sofá descorado por tanta água. Você precisa conhecer e descansar no pôr-do-sol refletido nas rochas negras, encravadas nas praias do rio Maguá, que banha Belém do Pará. Experimentou a vida dos seus irmãos do interior do Piauí ou do Maranhão, onde a dignidade suplanta a miséria? Visitou as dunas móveis de Genipabu para sentir o vento eterno e quente de Natal? Ah! Repouse o espírito naquele mar que não é mar, mas água batismal para todos os pecados, exclamou o nortista, que pegou carona na primeira brisa que assolou a sala úmida em que Teo trabalhava. Essa mesma brisa trouxe uma jovem de Garanhuns que o aconselhou: mergulhe nas piscinas naturais do Porto de Galinhas, em Recife, ou nos corais de Maceió, para sentir que as dores da vida colorem a existência de todos nós. A jovem sorriu e derreteu-se na brisa a qual abundou-se em chuva torrencial. Vá ao Pelourinho, na Bahia, cantou um baiano, nascido do ritmo da chuva que imitava as batidas do Olodum. Compartilhe a seca na caatinga do Canto do Rio Verde e, caso a dor e o desespero o abatam, lembre-se e descanse no açude de Cocorobó ou conheça o Pantanal para tomar a água do rio Bonito. Aquilo não é bonito; chama-se assim por não haver modo para descrever onde a Criação ocorreu, confidenciou um pantaneiro do Mato Grosso do Sul que emergiu do lago da altura da mesa em que Teo estava. Ouro Preto! Ouro Velho! Paralelepípedos talhados pelo tempo. Você deve conhecer, falou um mineiro sobre um maço de cigarros amassado que boiava no lago em que Teo quase se afogava. As pedras, moço, lapidadas, as grutas mágicas de São Tomé das Letras. Não conheço, resmungou o pretenso escritor. Fui uma vez para Aracaju; duas vezes a Uberlândia; outra a Uberaba para ver o Chico Xavier; mas nada sei dos detalhes. Talvez deva abordar e dar título ao livro: *Geografia do Sul do Brasil.* O silêncio tomou conta de Teo à medida que aqueles brasileiros se esvaíram nos postais pregados e aos poucos descolando das paredes da sala que vestia o geógrafo. Nisto, um casal, ele gaúcho de São Miguel das Missões, ela catarinense de Caçador, apareceu em um pequeno raio de sol que insinuava desafiar aquele dilúvio de dúvidas. Você notou, Teo, que os anjos barrocos dos 7 Povos da Missões têm o olhar meigo dos guaranis? Esteve, por acaso, em Santa Catarina, e percorreu o caminho estreito de Piritiba para sentir o aroma das hortênsias azuis que comovem as águas do rio Uruguai? Pára, pára, implorou Teo. Estive uma vez em Florianópolis e não levantei a sua geografia. Está nos planos a visita ao sul do Brasil. Conheço bem o meu estado de origem. Pode ser que tenha exagerado na intenção de escrever tudo sobre geografia com tão pouco em mãos. O meu livro será *Geografia do Paraná* e pronto. Um paranaense de Bentópolis, que insistia verter de canudinho a inundação que a chuva se tornara, meteu-se na conversa, enquanto o casal sulino partiu para junto das sul-americanas. Qual cidade é a mais antiga: Curitiba ou Paranaguá? O rio Paranapanema banha quantas cidades no norte velho do Paraná? Conhece as formações rochosas de Vila Velha? A taça, o camelo: obras-primas que o tempo, usando o vento, cunhou no coração da Terra. Estive duas vezes em Vila Velha, afirmou convicto Teo e continuou, refresquei-me no Panema, mas peco por não saber quais cidades banha. Precisaria pesquisar. Pesquisar também sobre tantas coisas... Pelo que sinto, não tenho muito. Sinto muito, exclamou o paranaense de Bentópolis para buscar refúgio junto ao bruxo panamenho. O que tenho, quem sabe, possa ser útil para escrever a *Geografia do Norte do Paraná*. Qual o reflexo da geada de 1975 na economia norte-paranaense?, questionou um professor de Santa Fé, que ajudou a secar o teto da sala com um sopro e teve tempo para consertar a geladeira para liberar o esquimó, enviando-o a um cubo de gelo que derretera para, logo após, evaporar e servir de respiração a Teo. Onde nasce o Tibagi? Onde desembocam o Ivaí e o Piquiri? O rio Pirapó separa Iguaraçu de qual município? As terras roxas e vermelhas atapetam quais cidades do norte do Paraná? Por que Jaguapitã se chamava São José dos Bandeirantes? Por que as ruas de Arapongas têm nomes de pássaros? A guerra de Porecatu foi uma questão agrária que influenciou Nova Esperança; por que e em que época? O professor de Santa Fé observou o geógrafo até ser chamado pelo norte-americano para lhe fazer companhia. Teo rastejou e procurou significado para o seu livro de Geografia. Nada, ou pouco do que os visitantes trouxeram, ele sabia ou dominava. Estivera em alguns lugares. Conhecera algumas pessoas. Nada era o suficiente porque ele era insuficiente. A deficiência do conhecimento e a frivolidade do saber. Falar do Alasca sem conhecer o Alasca tem sentido? O que tem sentido? Mas a vontade de escrever era enorme, nem que fosse sobre a sua cidade natal de pouco mais de cinco mil habitantes: *Geografia de Guaraci.* Sabia que foi construído um novo bairro em Guaraci, afirmou um menino dessa cidade, de doze anos, que Teo não lembrara conhecer, pois mudara de lá havia cinqüenta e tantos anos. Verdade?, disse Teo, com a voz rouca e embargada pela nulidade. Onde você está, desconhecido? Em que canto da sala, do meu corpo ou dessa água que me invade eu posso encontrá-lo? Importa?, advertiu a criança. Importa saber quantas casas tem um bairro novo que brota em cada cidade que não consta nos mapas do Mundo? Afinal, Teo, em que cidade, vila ou aldeia o Sol nasce ou adormece ou sonha? Em que lugar estão os entes que se foram ou não quiseram nascer? Em que lugar mora o desejo de ser feliz? Em que lugar a capital do país é uma caixa de papelão e as estrelas são os reflexos da primeira paixão? Em que lugar mora a esperança, construída por tijolos feitos de raio do luar? Você sabe em que lugar foi levantado o novo bairro em Guaraci? Não sei. Rancho Verde, o sítio em que você nasceu, revelou o menino que, no relance, lhe lembrara todos os seus amigos de criança e tantos outros que construíram o sorriso da sua infância. O menino, a chuva, a inundação, todos os fantasmas desapareceram. Teo parou por um instante em si mesmo. Nunca percorrera as dunas de Zalaf, deserto líbio que separa Sebha de Brak, no Wadi Alshati. Nunca fizera piquenique em Ovejuyo, rio *abajo* de La Paz, na Bolívia, ou compras na Ciudad del Leste, no Paraguai. Jamais sentira a imponência dos edifícios de Chicago. Construções que explodem do chão, causando estupor ao turista siberiano. A magnificência da Sears Tower com seus chifres desafiando o céu, rememorando a torre de Babel neste início de milênio, sendo abençoada pelo Cristo Redentor, em dia nublado no Rio de Janeiro. Nunca tingira as mãos com areias coloridas daquela rua que fica naquela cidade daquele país. O nunca não traria a oportunidade: as dunas de Zalaf, o gramado de Ovejuyo, os edifícios, os picos andinos, alpinos, himalaios mostrando que entre o homem e o nada está o sonho. O buracão de cor de Paranavaí, no Paraná, esquecido no passado e hoje encoberto por um estádio de futebol, é aquele lugar, sem nome, perdido na memória de um marroquino exilado em Londres ou de um nordestino em São Paulo. A geografia, pensou Teo, não está delimitada por mapas, rios e monumentos. A geografia descreve o contorno do espírito de cada nação e não existe nação para a alma. O Fórum Romano revelado em blocos de pedras no chão deve ser construído, primeiro, no coração antes de ser ofertado às lentes famintas dos curiosos. Aprende-se geografia ao se conhecer o povo que a habita. Eu, que não me conheço, como posso me atrever a escrever um livro de Geografia?

Não contemplei os olhos de Deus revelados na Aurora Boreal e não dancei nas ocas amazônicas em louvor a Tupã. Não conheci nenhum *sherpa* que me ajudasse a vencer os meus limites na escalada do monte Everest ou na descida, por uma das ranhuras, do Grand Canyon ou das cataratas do Iguaçu. Caso haja dois milhões de habitantes nesta ou naquela cidade, haverá dois milhões de livros de Geografia. Todos e outros lugares deixaram de existir e não deram tempo para ser registrados nos anais e atlas de qualquer geografia. Em um milésimo de segundo, quando menos esperava, alguém passou às pressas por suas retinas. Era a sua filha que, antes engendrada no desejo, estava grávida. Outra mulher lhe passara, era a filha da filha, também grávida. A sua mulher, já idosa, lhe mostrara toda a casa reformada: cozinha aumentada, banheiro recém-azulejado... A geografia da sua vida mudara e ele nem se dera conta. Desesperado, olhou para as mãos, vendo-as envelhecidas com dobras cartográficas que mudaram a sua geografia. Mirou-se no espelho e viu que o tempo lhe causara sulcos, pelos quais lágrimas escoavam feito os rios que nunca navegara. Esse mesmo tempo, que foi consumido na busca perfeita da perfeita geografia, trouxera o vazio de nada ter feito: nem o livro de Geografia nem a si próprio. No seu último suspiro pôs-se a escrever:

No início era o Caos...

ESPERANÇA

O preço da bondade, mãe? Há?, devolveu Anunciação. Esperança bem pouco entendia as interrogações que dos lábios da velha senhora saíam. Cresceu. Desceram-lhe as regras. Tempo de casar. Com quem? Moça pequena de ancas delgadas. Passeava envergonhada na companhia de amigas. Risinhos fáceis aos moços da Mooca. Moça de bem, nada experimentada, aspirava aventurar-se em qualquer enlace com o primeiro que aparecesse. Qualquer um?, gracejava uma das amigas (Fulana, salvo meu engano). Alguém há de ser, respondia em brilho estelar cintilado nos olhos miúdos, os quais lhe reservavam lentes grossas a distorcer luzes em arco-íris: prisma perfeito. Dia de feira – de verduras murchas por calor e tempo perdido nas estradas desde a horta até a cidade e desta à lona a encobrir alfaces e pimentões – aproximou-se de um desses. Sujeito asqueroso e de convincente aviltar, acostumado a enlaçar uma a uma, como também Esperança. Pepino?, perguntou a jovem. Grosso ou fino?, retornou a ela o embromador. Temos qualquer deles, freguesa, e lhe dou qualquer um. Maçãs vermelhas.

Casaram. O dia. A noite. A surra. O filho. A filha. O filho. A surra. A surra. Viúva. Quem foi? A amante. O amásio da amante. Importa? O filho. A filha. O filho. O tempo. D. Fulana. D. Beltrana. D. Sicrana. O tempo não é meu, é de Deus. E assim Esperança ajudou Fulana, Beltrana, Sicrana e outras e outros que se sucederam. Do filho, da filha, do filho, vieram duas noras e o genro, a neta, a neta, o neto, os gêmeos. Netos e netos e os netos e as netas de tantas comadres e compadres a levar Esperança a perguntar-se: Misericordioso, quem haverá de cuidar deles e da vizinhança da Mooca? D. Esperança!, chamavam-na. Bolo de fubá para um. Doce de laranja para outro. Pudim de leite. Doente. Levarei chá: hortelã, caso folha aqui houver. Havia e a febre descia e a febre subia e para lá ia Esperança com alguma sopa, algum chá, alguma companhia às almas aflitas da grande São Paulo. Era pobre e era rico, não havia diferença. Se babá faltasse, motivo de doença e sem qualquer vintém, Esperança aparecia na casa da necessitada. Vim ajudar, você se incomoda? Assim, Esperança visitava, sequer convidada, os miseráveis para cuidar de criança pequena para a mãe, grávida sempre, ir trabalhar. Vim ajudar, você se incomoda? Cuidadosa dos netos, economizava moedas para depositá-las na poupança. Ninguém sabe o dia que o amanhã nos arvora, dizia à caixa do Banco Federativo. Os netos cresceram. D. Esperança, vim trazer essas verduras para a senhora. Seria possível lavá-las para mim? Claro, Berenice, você se incomoda? A propósito, D. Esperança, como eu trouxe várias, a senhora poderia ficar com algumas. Obrigada, minha filha, ajuda a calçar o estômago. D. Esperança, estou com enxaqueca de estilhaçar. Preciso fazer macarrão para o batalhão em casa. A senhora poderia prepará-lo para mim? Claro, Clarice, você se incomoda? D. Esperança, não se esqueça de fazer um pouco a mais para a senhora. Deus lhe abençoe, minha filha. D. Esperança, estou com pressa de enlouquecer, comprei pães e não tenho hora de voltar e aprontar o café da manhã para as crianças. A senhora daria um pulinho por lá? Você se incomoda, Doralice? Esqueci-me, D. Esperança, a senhora aproveita e fica com meia dúzia de pãezinhos, meio quilo de café e outro de açúcar. Todo dia algum tipo de comida sobrava na casa de alguns para fazer a mesa de Esperança. Não tinha fome e pouco bastava, porém o suficiente para os carentes na espera de Esperança, pois a eles ela trazia moedas, verduras, macarrão e pão. Vó, trouxe dinheirinho para a senhora, coisa de nada. Ficava quieta e no dia seguinte rumava ao banco para abrir mais poupanças, agora para os netos dos conhecidos e, com o tempo, para aqueles que nunca soubera existir. Como pode? Antes eu depositava cem, depois dez, agora deposito centavos, senhora caixa? Esperança emburrara-se, indignada com a crise econômica, mal sabendo das centenas de milhares de centavos depositados. Não parava em casa e nunca adoecia. Casa humilde, olhos humildes: desses que só os cães, os míopes e São Francisco de Assis têm. Dava graças pela saúde, perguntando-se e perguntando-Lhe o porquê de nunca faltar comida, roupa, e jamais pagara conta de luz, conta de água, conta de nada. Vez ou outra aparecia um conhecido dizendo que o cobrador esquecera de cobrar ou o vizinho, esquecido, saldara como fossem dele as contas de Esperança. Povo sem cabeça! Um dia, voltando do casamento de Victória, neta de Fulana, Esperança soubera que Victória fora assim batizada por ter vindo à luz após inúmeros tratamentos de fertilidade e promessas. Quando menos esperava, um anjinho aportou em casa. Esperança aparecia e dizia: deixe estar, minha filha, o Céu acode. Diziam, é bem verdade, que tinha sido chá de Esperança. Assim caminhavam os dias até os tiros. Tiros. Tiros perdidos, vindos da troca de ofensas entre dois afilhados de Esperança. Briga séria, coisa de muamba. Ela não ouviu o "cuidado, madrinha!" em gritos uníssonos dos desafetos, cujas vidas foram poupadas pelo corpo daquela senhora, posto entre eles. Morte instantânea. A Mooca parou. O prefeito decretou luto. Todos os fatos, eventos, acontecimentos deixaram de existir: o turista inglês não espancou a prostituta brasileira; o magistrado que matou a esposa teve a prisão decretada e não gozou de privilégios; a megacatástrofe na Ásia ou na América Central, que poderia dizimar milhares, foi anunciada e vidas salvas a tempo; o atentado terrorista e a invasão daquele país foram evitados sem troca de morteiros e de mísseis, utilizando-se apenas o diálogo. Sondas terrestres que investigaram as luas de Saturno encontraram um bebê, saudável, de cinco meses e alguns dias, em Titã; crimes emblemáticos foram esclarecidos; verbas públicas não foram desviadas; aceitou-se, de bom grado, a condescendência, a diversidade entre os dedos da mesma mão. Havia, todavia, a miséria. A miséria. Esperança morreu. Esperança morreu sem saber das coisas da vida e mesmo sem saber que morrera. Chegou no Céu. S. Pedro a recebeu em sorrisos: D. Esperança, preciso ir ao banheiro. A senhora ficaria com essas chaves por minutos apenas? Pode deixar, mas... o senhor se incomoda? Parece que deu dor de barriga no moço. Não sai do banheiro e aqui estou com essa penca na minha frente. Pouco sei o que faço. Entrem, vão entrando. A senhora se incomoda?, perguntou um sujeito barbudo e cabeludo, e assim o fez um outro gorducho, careca e de olhos espichados, e outro de tez escura e com turbante, e outro com penas na cabeça, outro de chifres, pés de cabra com flauta na boca, outros de todas as cores e jeitos, mesmo aqueles de jeito algum, tais quais os dois afilhados que não demoraram para aparecer. Meninos, essa vida não muda mesmo! Quem cuidará de vocês? Chamarei o moço no banheiro. Não chama, D. Esperança, fica um pouquinho mais, gritou a multidão. Vocês se incomodam? Houve sonoro Não. Daquele que ecoa em trovão nas vezes em que as chuvas invadem São Paulo, inundando-a e confundindo-se com as lágrimas da Mooca rogando por Esperança, que nunca ficou sabendo que havia morrido. Deus não se incomodou e quando se incomodava dos olhos vazavam alguma esperança, vinda para amenizar a sede dos necessitados, perdidos em casebres e palácios.

CASAIS:
CRÔNICAS QUASE MÓRBIDAS

1.

Resolveu participar de um concurso literário após cinqüenta anos da escrita daquele poema. Escolheu-o dentre os vários enterrados no túmulo de uma caixa de sapatos. Uma mulher... Casado, bancário, aposentado. Idealizava, na juventude, ser benquisto. Quis, também, ser dentista. A crise financeira que assolou a família o fez migrar para Economia. A escolha do curso deveu-se à facilidade de combinar as aulas, em período noturno, com o trabalho, pois havia passado em concurso público para ocupar vaga no Banco da República. Aluno e funcionário modelar, dedicava segundos inócuos a escrever poemas. Na pausa para o cafezinho, no intervalo entre aulas, escrevia-os e os lia em voz umbilical, principalmente no metrô. Certa vez, tomou-o lotado, ficando na situação incômoda de permanecer em pé, acotovelando e acotovelado, sempre com um poema dito em mente, até ser ouvido por um senhor que lhe deu tapinhas nos ombros, dizendo-lhe para continuar. Continuou na profissão, contudo almejando, depois de formado, pós-graduação. Seria de seu interesse resolver a equação de aumentar as reservas e impedir a depreciação do câmbio. A fuga dos capitais. O crescimento do PIB. Déficit e superávit no pagamento das contraprestações da sociedade de propósito específico para o fundo garantidor na celebração do contrato em salvaguardas de lotes-padrão. Era desejo, pois não teve dinheiro bastante para a pós e contentou-se em ser bancário. No banco, conheceu Encarnação: a caixa da agência. Meses e anos em contas de rosário. Fim de expediente e na volta para casa encontrou assento vazio no metrô. Sentou, remexeu a carteira e deparou-se com um poema posto em um papel envelhecido. Existiria aquela mulher?, perguntou-se. Sorriu, chamando a atenção de um senhor, setenta e poucos anos, acompanhado de uma senhora de igual idade. Após ceder o lugar à mulher, estranhou o pedido do senhor: posso ler o poema? O septuagenário disse-lhe que agora estava bom. Causou-lhe *déjà vu.* A situação despertou-lhe a impressão de ouvir de si mesmo: a vida é um círculo de rendas frágeis em cujos interstícios estão os sonhos. Desceu na próxima estação, enquanto o casal continuou no metrô, olhando-o como se falasse para voltar a escrever bobagens. Sempre havia prioridades que o impediam de fazê-lo. Quando começava a escrever ou era interrompido por latido dos cães, barulho do aspirador de pó, secador de cabelo, ou devido à solicitação de Encarnação para cumprir obrigações de marido: estender e recolher roupas do varal, fazer compras, escolher móveis da casa, lavar pratos ou, por desavenças de casais que fazem o tempo passar, passar. Maturidade. Aposentadoria. Lembranças. Idade. Saudade. Caixa de sapatos. Poema. Concurso literário. Escolheu um poema, aquele que permanecera por décadas em sua carteira, revelando a idealização de uma mulher em versos. Conservou-o do modo como ocorre com as orações e ilustrações dos santos de devoção. Recebeu a notícia que o texto fora selecionado e seria divulgado o vencedor em data e lugar oportunos. Dois meses. Ele e Encarnação foram à estação de metrô mais próxima. Dentro da composição ficaram aninhados, espremidos. Ouviu um discreto assobio e notou que se tratava de um rapaz de vinte e poucos anos. Prestou atenção. Continue!, sussurrou ao jovem. Continuou atravessando estações. Na quarta, avançou alguns passos. Um homem, em torno de quarenta anos, lia um poema grafado em pedaço de papel envelhecido, cedeu o lugar a Encarnação. Ambos em pé, pediu para ler o poema. Está bom! O homem o fitou como se o conhecesse havia tempo para, a seguir, descer na próxima estação. Ele e Encarnação continuaram por outras tantas, atrevendo-se a imaginar o que as pessoas pensavam ou quais sonhos apoderavam-se de cada uma. Última estação. Rumaram ao edifício, logo à saída do metrô, tomaram o elevador: último andar. No auditório quase vazio, sentaram em cadeiras da última fileira. Revelados os vencedores do concurso literário. A vida lhe passou pela memória forrada de imagens além das janelas do metrô. Os sonhos da juventude, a importância de ser alguém, o encontro com Encarnação, o casamento, os planos, os filhos que não vieram, o Natal resumido em uma árvore enfeitada com pequenas bolas vermelhas, o incômodo da dor na altura do estômago e as horas avulsas que os últimos anos lhe reservariam. Lembrou-se de ter ouvido várias histórias. Em particular, vivenciou as contadas por Encarnação durante a convivência de um casal comum, de histórias tão ordinárias a qualquer um. Com o passar do tempo, notou que as da companheira eram as mesmas, pois Encarnação vivia se repetindo, mostrando que tivera a sua experiência e o seu intento era compartilhar cada detalhe, por mínimo que fosse e sem qualquer importância, com o marido para, desta feita, torná-la dele. No início, dizia à parceira conhecê-las e estar enfadado com a ladainha de sempre. Com o alvorecer das cataratas, reconheceu que, ainda repetidas e entediadas, as histórias da esposa eram outras, pois a diferença advinha da intensidade dos brilhos no olhar a cada contar de Encarnação. E assim aprendeu a viver. E assim aprendeu a vivenciar, não apenas a história da mulher, como as dos vizinhos e as dos desconhecidos que conhecera em jogos de dama e de paciência. Aprendera todas as histórias e que não precisava escrevê-las para torná-las eternas ou servir de tema para esse ou aquele poema. Emergindo de tal pensamento, notou outros tão iguais à sua volta naquele salão povoado de almas mortas. Histórias tão semelhantes e obras tão esquecidas que foram trocadas pela beleza do dia-a-dia, não sendo preciso ser literato para ser feliz; bastavam o sonho e coisas banais que só o olhar é capaz de revelar. Acometido por uma dor indescritível, desmaiou. Levado às pressas ao apartamento, não conheceu o resultado do concurso. Na cama, recordou-se que os seus dias eram os de Encarnação e dela ter recebido, a cada segundo da sua existência, a razão de cada verso daquele poema. Adormeceu.

2.

Não carece me dirigir a palavra. O seu silêncio não mais aborrece. Deitarei. Também não precisa me aconchegar, envolver-me, aquecer-me. Passamos da idade dos casais que vivem se esfregando até durante o sono. Viro-me do outro lado para evitar a sua respiração. Você sabe que gosto de arzinho frio que refresca as noites maldormidas. Sinto-me ótima deitada de bruços. Levanto. Escovo os dentes. Ainda na cama? Tomo café. Você quer? Faz séculos que não tomamos café juntos. Que estupidez a minha convidá-lo. Os filhos cresceram, constituíram famílias, deram-nos netos. A caçula está com o filho doente. Irei à missa das sete. Há tempo que você não freqüenta a igreja. Importa? Claro que não. Vago pelo apartamento. Faço almoço. Arrumo a sala. Limpo do banheiro pinguinhos da sua urina. Tchau! Não precisa responder, velho ranzinza. Não sei a que horas chego. A comida está em cima da pia. Guarde-a na geladeira e, quando quiser, basta levá-la ao microondas. Não esqueça de abrir as janelas. Hoje tenho o dia cheio: depois da missa, reunião com as meninas para preparar a Festa do Divino. Poucos sabem que a celebração acontece cinqüenta dias depois da Páscoa. Na minha época de mocinha, era uma ocasião. Hoje, as crianças ficam navegando em frente ao computador. Navegando!, é o que você ouviu. Deixa pra lá. Almoçarei com a Comadre. Ela ficou de mostrar as fotos do netinho. Pobrezinho, nasceu com problema no estômago semelhante ao seu, velho ranheta. Passaremos a tarde juntas e, ao anoitecer, iremos ao bingo beneficente na paróquia. Saio. Volto. Zangado comigo, turrão? Pois fique! Nem ligo. Tomarei banho. Traga a toalha! Pode deixar e sei que nem é preciso pedir, pois não será desta vez que levantará a bunda pra me fazer um favor. Você é incapaz de algo útil. Tomei banho. Enxuguei-me. Pelo jeito não tocou na comida. Comeu fora por acaso? Saiu pra farrear e bolinar as jovenzinhas? Deitarei e não adianta ficar com esse olhão esbugalhado e sorriso safado pro meu lado. Não perdoarei. Não adianta falar comigo. Nem pense! Fique quietinho no seu canto da cama, enquanto fico no meu. Acordo. Já falei: continue quietinho. Estou indo ao apartamento da nossa filha. O nosso neto, eu disse, "o nosso neto", está com febre e passarei o dia com ele para que "a nossa filha" e "o nosso genro" possam ir trabalhar. Escutou? Falei "nosso". É isso mesmo. Não responda! A comida, preguiçoso, padece em cima da pia. Ao menos, vê se não esquece de abrir as janelas. Saio. Volto. Cheguei!, ouviu? Liguei durante a manhã, à tarde e no começo da noite. Vadiou novamente, rabugento? Não quer responder? Refugiou-se na cama de novo? Agora é a sua vez de entrar em greve de silêncio, é? Pois entre! Vou me banhar, fazer-me cheirosa, pôr a camisola que a nossa filha me deu. Ouviu? Ela "me deu" e, a você, mandou um beijo. Ficou chateada por você não ter ido ficar com o doentinho. Tadinho, passou o dia com 39. Foi um custo a febre ceder. Precisei pôr o "nosso" neto embaixo de uma ducha fria. Precisava ver como tremia. Deu pena, mas deu certo e nem precisei levá-lo ao pediatra. Cuidei dele. Escutou, velho dispensável? Disse "eu", pois o "nós" aqui faz uns cinqüenta anos que não acontece. Não precisa ficar com esse sorriso falso. Deitarei no "meu" lado pra ter "os meus" sonhos. Que noite maravilhosa! Fazia um tempão que não dormia tão bem. A campainha! Já sei. Já sei. Verei quem é. Sempre foi assim. Toda vez que toca o telefone, batem na porta, adivinha quem atende? Euzinha! Sr. Síndico? A senhora me desculpe, mas os vizinhos estão reclamando do mau cheiro vindo daqui. É o Antenor, Sr. Síndico, faz três dias que a comida está em cima da pia, e o inútil deixou de pô-la no lixo. Ele está? Claro, mas não sai da cama nem que o quarto pegue fogo. Caso não se importe, eu posso levar o lixo pra senhora. Por favor. Sairei, ouviu! Saio. Volto. Cheguei! Tomar banho. Deitar. Acordei. Campainha. Sr. Síndico? Os vizinhos continuam reclamando do mau cheiro. É o Antenor, Sr. Síndico, faz quatro dias que o imprestável morreu e continua perturbando os vivos, mas é o único que ainda me ouve e me faz companhia.

3.

Eu te amo. Sentiu a mão no ombro direito. O calor da tarde fez com que os resquícios de lágrimas se misturassem com os de suor. Estava cansada e não prestou atenção a quem a consolava. Agradeceu as condolências e tinha olhos, tão-somente, para os grãos de areia lançados no túmulo do esposo. Velório. O caixão ladeado por velas que ora acendiam, ora apagavam, acompanhando o ritmo das pálpebras pesadas. Ouviu um comentário distante, silencioso e certeiro: completamente só, a pobre. Não podia acreditar que naquela maca jazia o companheiro de décadas. Por quê?, perguntou-se e não teve resposta, nem das orações. Acompanhou o traslado do corpo da UTI até o Cemitério Municipal. Foi ao apartamento e remexeu na última gaveta do criado-mudo, encontrando por acaso os tais papéis. O desespero e o inconsolável. Documentos?, exclamou à recepcionista indiferente que insistia em dizer que sem o RG e o CPF do falecido não seria possível liberar o corpo. Morreu dentro da previsão do médico. Parada cerebral. Falência generalizada dos órgãos. Coma na UTI. Pressão muito baixa, senhora, melhor levar para o hospital, disse à esposa o farmacêutico dedicado. Acho que vou desmaiar, meu bem – foram as últimas palavras que ouviu, ainda assim com o ouvido deitado sobre lábios feridos do seu homem ou do que restava dele. Morfina desnecessária. A casa transformada em enfermaria. Não suportava a dor. Eu te amo. Cheiro pútrido. Vomitou fezes. Hérnias umbilicais afloraram como vulcões. Dor freqüente, ensandecida. Não passará de três meses, reservou-lhe o médico após diagnóstico à cirurgia do intestino, unido ao esôfago, deixando o estômago como sombra do que era. Apreensão e as horas que insistem em não progredir no relógio da sala de espera do pronto-socorro. Semanas de angústia e tormento nos olhos do amado, conservando, todavia, o mesmo brilho das noites quase esquecidas. Indico cirurgia, pois pode estar localizado aqui, bem aqui, nesta região do abdômen, confidenciou-lhe o médico com propriedade. A cama e o esforço para ir às necessidades. Pêlos espalhados pela casa: banheiro, quarto, cama. Ah! Como mamãe faz falta! Corpo fragilizado, esquálido. Sessões de radiação e prescrição medicamentosa. O escritório transformado em enfermaria. Os dias de teste em teste. As brigas com o Plano de Saúde e a desqualificação e desumanização do outro. Os meses transformados em séculos. A última noite fora de casa e dos ambulatórios. O desmaio. O auditório. O metrô. O restaurante. Ele encostou o vinho tinto nos lábios sem sorvê-lo e aspirou, pela última vez, o *flavour* daquele chileno Cabernet Sauvignon. Para ele, um pedaço de truta e um pouco de salada. Foram à Bacalhoada do Almeida. Pode ser benigno. Eu te amo. Não há de ser nada. Já não bastasse a tristeza após a missa de aniversário da morte de mamãe, balbuciou o marido, agora o desconforto da diarréia e esta dorzinha sem graça. Os meses e o cansaço diário avolumado com uma chatice qualquer. Estou bem, faço as minhas corridinhas regulares, mas sinto-me incomodado por nada, relatou o marido ao amigo em comum e também aposentado. Hoje é aniversário de morte de papai. Não podemos reclamar, minha querida, veja: conseguimos saldar a dívida com o banco, e o apartamento é nosso, além do carrinho, que, afinal de contas, tem dez anos: o motor e a lataria estão perfeitos! O Natal: os dois em volta da árvore, recheada de minúsculas bolas vermelhas, sem presentes às crianças, pois não existem e nunca puderam existir. Quem ficou para contar as nossas aventuras?, foram tantas. Não sei se deveríamos adotar uma criança, meu bem. Veja, tanto eu quanto você somos filhos únicos. Os anos e as retinas gravando acontecimentos de pouca ou sem importância de serem registrados por uma câmara fotográfica. Trabalho. Aposentadoria. Trabalho. Desemprego. Trabalho. Anos. Viagens. Anos. Meses. Segundos. Feliz Natal. Dias dos Namorados. Feliz Páscoa. Carnaval! Feliz Ano-Novo. Aniversários: dela, dele, de casamento. Não posso ter filhos! Médico. Tenho a ele. Mamãe morreu! Anos. Compraremos o apartamento na planta e poderemos pagá-lo em um futuro distante. Meses. Eu te amo. A lua-de-mel no campo. O vestido de noiva desabotoado, acompanhado com vinho francês. O quarto estapafúrdio do motel: espelhos no teto e nas paredes, colchão de água e música barata ao fundo. O padrinho, colega de banco, bêbado. Seus pais dançando e a minha mãe, pobrezinha, valsando com papai em memória: sinto falta dele. A recepção no salão. Eu te amo. Aceito. Aceito. Alianças e o padre bonachão sentindo-se o próprio. Ele me espera no altar: que homem lindo! A ponta do vestido presa à porta do carro: era o que me faltava! A última pérola do colar. Os planos. Sentarei ao seu lado, meu amor, para escutá-la, pela centésima vez, o dia em que comecei a escrever aquele poema sobre você. Minha querida, nem cheguei a terminá-lo e o conservarei na minha carteira feito amuleto. Haveremos de brigar, muito, na velhice: você, querido, será o tipo do nada-faz. Sairei com as comadres para ir ao bingo da igreja e deixarei a comida esfriando, de pirraça, em cima da pia. E você, querida, aporrinhando-me com as minhas saídas para jogar dama e paciência na praça dos velhos. Eu te amo. Riam. Cuidarei do nosso neto quando ele tiver febre e você trocará fraldas de nossas crianças para não ter tempo, sequer, de escrever um poema. Riam. Planejavam. Os nomes dos filhos: Heitor, se menino; Helena, caso mocinha. Ele adora escrever e queria ser dentista. Casaremos daqui a oito meses, tempo necessário para dar um jeito nas coisas. Eu te amo. Noivado: alianças de ouro com uma minúscula pedra de brilhante. O arrebatamento da paixão e o descobrimento do prazer. Ai se minha mãe descobre! Peças de roupas espalhadas pela casa: banheiro, quarto, cama. Coincidência: seus pais são filhos únicos? O frêmito dos lábios procurando os meus. O corpo suado, másculo, potente. Sinto-o indomável: Minotauro rompendo Ariadne. Ele está excitado. Telefone. Vinho e queijos. Um poema tirado da carteira? Sobre mim? Não está pronto. Telefone. Pensei que não viria? Oi! Telefone. Os meses. Cinema, beijos, mãos dadas na singularidade das tardes de feriado. Os dias. Telefone. O segundo. Coincidência: você também é filho único? Adoro vinho, de preferência Cabernet Sauvignon, confidenciou enamorado. Alô? Meu Deus, será que ligará? Prazer! Que cara! É novo aqui e estuda Economia. Quem será aquele? Jantar com a amiga do banco na Bacalhoada do Almeida. Preciso sair para espairecer. Mamãe precisa de mim, afinal de contas sou a única coisa que lhe resta: ela é filha única, vovô e vovó estão mortos e papai morreu há tempo, que me perturbo fácil, fácil. Restam-me uma caneta, um pedaço de papel, este poema antigo que um dia ele escreveu sobre mim, um conto e garrafas ao mar. Encarnação sentiu um toque no seu ombro direito, não a impedindo, todavia, de lançar-se desesperada no chão, cravando as unhas na terra como que se estivesse cavoucando o passado para resgatar alguma esperança para o presente. Eu te amo, Antenor.

A ONÇA-PARDA

1.

As seriemas do vale da Boa Lembrança passeiam ao lado do monte que lembra um gigante adormecido com os pés em brasa. O mês anterior havia sido invadido por queimada, seguida de explosões que devastaram a Reserva. Dos galhos sumiram o guariba, mono-carvoeiro, sauá, sagüi, barrigudo e o mico-leão-dourado. No campo, o desespero da surucucu, do guará, ariranha, onça-pintada, tatu-bola, tamanduá-bandeira, jacucaca e a jacutinga. Pipocaram no céu a codorna-buraqueira, perdigão, macuco, gavião-de-penacho, falcão-de-peito-vermelho, cardeal-amarelo, ararinha-azul, bacurau, cuiú-cuiú, caminheiro-grande, tietê-de-coroa, sabiá-pimenta, papa-capim, anambezinho, tropeiro-da-serra, choquinha, saíra-apunhalada, bicudo, patinho-gigante e a andorinha-do-oco-do-pau. O vale era de bastante valia, aprendeu o povo a dizer para, em seguida, emudecer. Escondia-se dos homens invadidos por almas acaloradas. A chuva veio e, como tal, continuou miúda, acidulando as lágrimas do morro, o suficiente para enternecer o entardecer da última onça-parda de uma Reserva que nada reservou aos seus moradores, a não ser a fuga e o medo.

2.

Enquanto percorria os limites da Reserva, o pôr-do-sol, rubro vivaz devido à poeira levantada por máquinas colhedeiras de grãos transgênicos, enaltecia a pelagem macia e acastanhada da onça-parda, resplandecendo o último grão de ouro que Deus esquecera na Terra. Cruzou as fazendas de soja e as fazendas de milho e as plantações de café e as de cana-de-açúcar e todas as outras que tomaram conta das terras dos bichos e das águas dos peixes, tendo, inclusive, avançado sobre o céu dos pássaros com a descarga de fuligens das fábricas, postas ao longo das estradas em que a onça-parda cruzava sem ser percebida, como assim continuou sendo ao atravessar o posto da polícia ambiental e o da polícia rodoviária e o da polícia civil na entrada daquela cidade, onde o dia havia terminado e adiantado de uma hora. Os homens reclamavam da má sorte, da morte do dia que não deu em bom para pescaria. Nada havia nas caixas de surpresa naquela represa de insolação superficial. Na face descorada das putas, os garis varriam bitucas e sugavam salivas dos bordéis. Os alternativos andavam abarrotados. Os sinaleiros em semi-retas faziam rima colorida com a boca da velha rapariga que brincava com a dentadura enquanto acarinhava o pau do rapaz. A cidade se entregava aos roubos. Sem trégua, amasiava-se com os desertores da vida. A noite tecia labirintos no vão das estrelas, e a cidade, em vão, anoitecia. A vida acontecia e não se dava conta da onça-parda que por ela passava sem ser notada.

3.

Nas horas mortas da noite, as matas são iguais, a não ser por suspiros solitários do grande gato pardo. Para ele, todo lugar era qualquer um. A onça-parda caminhava sem se importar com as pessoas por serem ou não amadas. As aposentadas, os encarcerados e todo papel em branco ansiando por pouco mais. Caminhava sem perceber que existiam as lotações do século passado, o futuro que jamais vingaria e a vingança do verão escaldante. O batom que desmancha sem perdão, o contorno da sedução que passeia nas mãos transeuntes do anoitecer. Ela caminhou e não precisou sangrar o rim de um alienígena ou decepar cabeças utópicas para descobrir os desejos de cada um. Ela, apenas, caminhava. Um bêbado aproximou-se e a acariciou: bichano, bichano. Assustada, bramiu furiosa ao homem, que a ignorou. Que mau hálito!, espalmou-lhe o focinho e refugiou-se na cachaça, deixando o felino abocanhar o nada para desaparecer em outro beco. Caminhou por vielas tendo a noite na visão e estrelas refletidas nos caninos sedentos por vidas. Deixara a Reserva vazia; povoada por lenhas recém-queimadas para, na cidade, sentir a madrugada e trocar silenciosos miados com cães vadios. Percorreu praças desertas à caça de ratos. Escutou o tilintar do coração em disritmia com passos aflitos. Em uma porta semi-aberta, um vulto. Não se perturbou; confundiu-o com o antigo reflexo das crias espelhadas na própria imagem em poça de urina. Ouviu ruídos. Desprezou-os, eram pensamentos dos humanos que brincavam uns com os outros na calada dos pesadelos. Deparou-se com uma vítima que, dos lábios iluminados por um facho de luar, sussurrou desespero: é você, Antenor?, confundiu-a com o esposo já falecido a viúva senil. No intervalo dos olhares saltou e cravou-lhe a mandíbula para saciar com sangue a sede que havia muito a perseguia e a fome que a enlouquecia. Fartou-se e ali adormeceu, enquanto a cadeira de balanço ondeava com o vento, como se nela um fantasma descansasse. Na manhã do outro dia, brincou com os ossos da presa, mascando-os para retirar o tutano. Lambeu-se e deitou de costas, escancarando a barriga alva ao sol, abandonando-se ao ócio da manhã. Apanhou o corpo desfigurado e o levou à estranha toca para ali amoitar até o anoitecer.

4.

Lançou-se no calor da noite ensejando caça. Os postes acomodavam escuridão e silêncio. O apagão tomara conta da cidade. As patas, enormes, dançavam junto ao corpo esbelto, ornamentado por pescoço grosso sustentando a cabeça arredondada com par de olhos enormes a invejar os de Jaci. O tempo disfarça e não existe no calendário da fera, a não ser como fome. A onça-parda. Os incertos no passeio às três da manhã flertavam insônia com assaltantes e bebericavam com os santos nas encruzilhadas. A onça-parda. Uma criança deitada junto ao lixo. A dor, a náusea, o vômito espalhado na calçada. Corpo torpe. Tudo é belo na cidade sem luz. Aproximou-se silenciosa. Tudo é calmo na cidade, ainda que se furtem vidas e as enviem para o inferno através do eficientíssimo serviço postal. Lambeu a face da criança, que reclamou em fala desconexa e arrastada, encontrando força para acertar o cachimbo de *crack* na bocarra da besta, que urrou e atacou. Não se pode reclamar das sujeiras, dos títulos, dos plásticos, dos políticos, dos charutos, do barulho da segurança posta em guerra. Uma poça de sangue e nacos de gente. A cidade voltou a brilhar e a trilhar o caminho das luzes. Qual delas sinalizaria o melhor caminho? Em qual delas o conforto a trazer-lhe resto de paz? Um dia a mais, uma semana, duas. A caça rareava. Alguns camundongos; trocando-os pela espécie apetitosa que aprendera a apreciar. Voltou a caminhar pela cidade sem ser notada. No lugar de rios, pântanos e campos, a onça-parda atravessava avenidas, igrejas, bancos e praças, para alimentar-se, vez por outra, de seus freqüentadores. Ninguém a notara, visto que ninguém a nada percebera, muito menos a si próprio. Indiferença. Isso na fera não havia, já que disso a fera se nutria. Havia outros como ela oriundos da Reserva: antas, pacas, tatus, jaguatiricas, capivaras, veados, quatis, macacos, cobras, lagartos vagando pela cidade, entrando e saindo nos intervalos dos expedientes de repartições públicas e privadas. A mata na cidade instalada.

A cidade-cipó de terno e gravata. A onça-parda apenas caminhava atenta a tudo, enquanto o todo a tudo desprezava, e disso, também, ela se nutria. Certa manhã encontrou refúgio junto à carcaça de um automóvel. Quem poderia tê-lo devorado? Sol forte. O cansaço. A morbidez. Prenha? A tarde e a noite. Viu-se envolta por inúmeros sóis. Faróis de carros. Olhou a todos implorando para que não escravizassem o Sol e que o deixasse para roçar-lhe o focinho e a pelagem divina. Implorou a quem quer que seja: aos deuses das feras, dos homens que fazem as regras, que lhe permitissem aventurar-se despretensiosa pelas avenidas daquela mata acéfala. Alguém se aproximou e a cutucou. Das ferragens, rosnou para o seu algoz: atire se quiser, mas liberte o Sol para que no mínimo ilumine as mentes bestiais desta selva sem alma. O feitor não estranhou a voz bêbada. Preparou-se, engatilhou e a tirou daquele casulo metálico. Algemada, foi presa por vadiagem e não soube responder se vira algum gato selvagem naquele cemitério de ferro-velho.

AS LEVEDURAS

Sente-se. Parabéns, você foi aprovada no processo de leitura e curiosidade. O emprego é seu. Antes de apresentar detalhes do trabalho, é preciso relatar algo: no início deste século os Impérios, em paz, buscaram alternativas para minimizar o tédio dos súditos. Tornou-se necessário provê-los de conforto e de luxo, como convém à Era do Desconhecimento. Criamos estruturas organizacionais para que isso ocorra, e pessoas, como eu, são treinadas para tanto. Tenho um *chip* instalado no cérebro que me ajuda a engendrar mecanismos antiociosidade. Desenvolvo e aplico conhecimento destinado à criação de estruturas, dispositivos para converter sonhos em formas adequadas de felicidade, visando ao atendimento das necessidades humanas. Neste momento, você me lê/vê por meio de realidade imaginária. Vivo/vegeto interligado a biomáquinas, as quais me subsidiam de informações de toda natureza. Há em mim, entretanto, veículos ultrapassados, como as celuloses impressas em linguagem morta. Traduzi-las e transformá-las em diversão: eis uma das minhas atribuições. Para que me compreenda com mais clareza, apresentarei eventos contidos no amontoado de folhas aí à sua frente. Basta pensá-las que as estará folheando. As imagens formadas em seus olhos foram-me reveladas por uma pessoa um tanto quanto estranha. Note o relato de alguém, aparentemente, desesperado. Ei-lo: o país, ansioso por dominar possibilidades energéticas, investiu tudo o que podia, inclusive a soberania nacional, em biocombustíveis. Toda área agricultável destinada a feijão, arroz e outros gêneros alimentícios foi direcionada à plantação de cana-de-açúcar. No começo, houve aceitação; hoje vive-se em sua função. Acorda-se às três da madrugada para tomar a estrada, dela beber poeira e chorar lama às seis. O sol amarelece o canavial. A terra está explorada nos três cortes anuais de cana. Planta-se cana a todo custo. Vive-se por ela. Hoje é o dia de hoje; o amanhã será consumido na perspectiva do desemprego ou no trabalho forçado. Não há saída, pois o país está pobre e dominado por biomassa e destilarias de etanol. As famílias compartilham dessa cruzada. Programas de lazer são oferecidos, feito o da Destilaria Mais Álcool, a Demal: o passeio dominical. As crianças brincam em barcos de pedais no mar verde-fosco de vinhaça. O cheiro de vômito do vinhoto não apenas se espalha aos viajantes que passam ao lado da destilaria, como também caracteriza o hálito dos nossos filhos. Usam máscaras para amenizar o odor e proteger os pulmões do ácido corrosivo que paira nos céus da Demal. Ao tempo de as famílias serem iludidas, centenas de treminhões descarregam toneladas de cana. Aportam nos hilos, despejando as ramas nas mesas alimentadoras.

Lavadas, as gramíneas são cortadas, desfibradas e moídas. Mecanizados, os operadores das moendas dosam água nas engrenagens para facilitar a extração do caldo. Umedecem, contudo, o bagaço que é levado à caldeira, liberando fumaça negra em um céu carente de azul. Além da poluição atmosférica e a do lençol freático, outro problema da Demal reside no entupimento do resfriador. Um desses desajustes provocou a parada da moagem de cana. Como nada pode parar, caso contrário tudo será prejuízo, a Gerência Geral ordenou a diminuição do tempo de residência da garapa nos evaporadores e, como decorrência, ocorreu considerável decréscimo na concentração do xarope nesses equipamentos. Houve sensível queda de açúcar fermentescível no tanque de diluição, ocasionando a redução do teor alcoólico na dorna de fermentação, comprometendo-a por três dias. No final do terceiro dia, deu-se a ordem para aumentar a uréia e o superfosfato. O encarregado pelo controle das dornas, por descuido, dosou o triplo do recomendado. Ao cabo de três horas a dorna reviveu. À medida que ocorria a fermentação, a temperatura do tanque aumentava assustadoramente. As espumas tornaram-se incessantes. O funcionário, desesperado, lançou quantidades absurdas de antiespumante. O dióxido de carbono liberado o fez perder os sentidos, levando-o a debruçar à borda do fermentador, expondo-se a uma corrente de gás recheado de leveduras. Elas entraram por meio dos olhos do encarregado da dorna e, através do seu nervo ótico, nadaram feito espermatozóides até a Célula do Mistério. O encarregado levantou-se daquele tanque borbulhante verde-dourado de mosto e de fermento.

Cravou as mandíbulas no caldo lácteo purulento. Sugou todo o açúcar transformável. Os olhos, sem pupilas, cintilaram álcool etílico. Com sorriso nos lábios, brincou com os cristaizinhos de sacarose nos dentes, mastigando cada molécula do material sacarino. Deliciou-se na sensação de não ter passado, presente e futuro. Sorveu a harmonia dos reinos, compartilhando o vácuo que existe entre o fungo e o ser humano. Se Proteu experimentasse novas metamorfoses, jamais tornaria a fazê-las se fosse uma Levedura. *Saccharomyces cerevisie*: a dona daquele complexo celular. Enquanto se extasiava, despertava-lhe a solidão. Talvez tal sentimento fosse herança da sua ex-condição humana. Porém, ela existe e foi preciso procurar companhia para a perpetuação da nova espécie. O mutante encontrou-se com o responsável pelo pé de cuba. Tomou o espírito do desafortunado com um jato de gás carbônico. Necessitavam de mais corpos. Em cada posto daquela destilaria havia uma alma preocupada com a família e se vendia por esta ou aquela promessa. Fácil a conquista: bastava um simples beijo para a contaminação. Em menos de três horas a Demal estava conquistada. Podiam-se ver nadadores emergindo do oceano de vinhaça. Sugavam resquícios de açúcar nele contido. Traziam o vinhoto à boca e devolviam o milagre da conversão da sacarose em álcool. Homens-dorna, mulheres, crianças de olhares vítreos desfilavam pelos canaviais. Não andavam; flutuavam com as faces voltadas para o céu. Abriam e contraíam as narinas em compasso lento. Aspiravam o ar embebido por química inebriante. Não mais se importavam com os odores que antes os conduziam à náusea ou com a miséria que os assolava. Acenavam as cabeleiras das canas, tal qual domingo de Ramos. Todos os dias futuros seriam de Páscoa. Pulavam e rastejavam. Não me atrevo a afirmar se estavam enlouquecidos, pois a população daquela cidade estava tomada. Cada morador era potencial contaminante para uma infinidade de pessoas. A brisa genésica que lhe saía do beijo era o bastante para transformar trezentos e trinta e três seres humanos em leveduranos. Conquistaram o Estado, o País, hectare por hectare, pois hectare por hectare o cultivo de cana-de-açúcar prevalecia. Cento e trinta e três milhões foram possuídos. Com a necessidade de terem escravos, transmutavam a maioria dos habitantes em outras espécies unicelulares. Dessa forma, as Leveduras criaram uma nova espécie: as Cepas Inferiores. Nem todos eram susceptíveis à mutação. Os que resistiam foram denominados de Contra-Sábios. As suas Células do Mistério criavam anticorpos resistentes à infecção. Quando podiam, destruíam qualquer cultivo que contivesse açúcar, para impedir a proliferação das Leveduras e das Cepas Inferiores. Com a devastação da fonte de açúcar, as Leveduras tomaram os Contra-Sábios para o consumo. No intuito de aproveitar aqueles tesouros protéicos, ligaram as destilarias do País, por intermédio de tubulações, aos antigos frigoríficos. Os Contra-Sábios, assim que capturados, eram conduzidos aos matadouros. Lá chegando, eram lavados e levados ao boxe de atordoamento. Uma vez desacordados, os corpos eram içados por um guincho especial e conduzidos à área de sangria, que ocorria pela seção da jugular. O sangue, recolhido em canaletas, era transportado à embebição nas moendas e no aquecimento do caldo misto. Por ironia, conseguiram a solução técnica do problema antes enfrentado pela Demal. Desde o chuveiro automático até a entrada das câmaras de resfriamento, os corpos eram conduzidos por uma nórea monitorizada para propiciar distanciamento entre dois corpos de Contra-Sábios. Isso evitaria possível contato entre as suas Células do Mistério, do modo como ocorre com as sinapses. Caso ocorresse tal união, haveria transporte de matéria e de energia às Leveduras e às Cepas Inferiores. Tal transferência era abominada pelos mutantes, pois possibilitava a reabilitação da consciência humana. Os ossos eram moídos e queimados como combustíveis às caldeiras. A fumaça, antes negra, coloria de branco o país, anunciando a Nova Era como fosse ao novo Papa. O Império das Leveduras fortalecia-se à medida que os Contra-Sábios eram destruídos. Alimentava-se a população e dizimavam-se as revoluções. Todo o alimento do país foi consumido em três meses, o que é uma eternidade no cronômetro das Leveduras. Esfomeadas e delirantes, as Leveduras, que até então se utilizavam do corpo humano por conveniência, alimentaram-se do abrigo carnal, abandonando as Células do Mistério, vencidas, em cérebros dilacerados. Voltaram a ser simples fungos unicelulares. De formas variáveis, desde elementos esféricos até células elípticas, com tamanho variando de 1 a 5 milimicra. As cidades ficaram reduzidas a um enorme pântano. As bolhas de dióxido de carbono borbotaram por mais trinta e três dias na imensa dorna em que se transformara a Nação. Alguns Contra-Sábios resistiram, mas, com a falta do que comer, lançaram mão daquela sopa agridoce, entorpecendo-se até a extinção. O país foi consumido por sua própria ganância e ignorância. Quem me deixou tais informações, de fato, era um tanto esquisito. Por que lhe apresento esse ocorrido? É o treinamento. Faça dessa história outra. O seu serviço será o de criar divertimento para a nossa comunidade. Os impérios, do ser humano ou dos vermes, sucedem-se, apenas o dos deuses é eterno, pois os deuses trocam de faces e o homem continua escravo de si mesmo. Aí entra o seu trabalho: o de iludir a todos com alguma chance de liberdade. O que lhe falta para ocupar o meu lugar? Deverá singrar o oceano do Tempo. Ajudarei na odisséia com a instalação deste *chip* em seu cérebro. Como? Ora, por um beijo no seu olhar neste exato momento em que me lê.

A INVASÃO DOS RATOS

1.

A Magna Casa abrigava bichos desde a Arca de Noé. Os animais dividiam-se em castas e se encastelavam em suas Instituições. Entre elas, a da Saúde, a do Transporte, a da Educação, a da Justiça e assim por diante, pois havia o de comer e o de locomover e o de morar. Havia o de chiar, guinchar, coaxar, miar, roncar, piar, cocoricar, sibilar, crocitar. Havia o de ser em si e, por milagre da metamorfose, vir a ser outra espécie: regra natural. No caso da Instituição da Educação, o posto máximo cabia ao Nobre Falcão, o qual sobrevoava os animais pertencentes à sua pasta e deles poderia alimentar-se. Assessorando o Falcão, estava o Senhor Serpente: sábio e astuto, aconselhava com intenções nem sempre claras. Duas delas, entretanto, poder-se-iam detectar: salvar a pele das garras e do bico do Falcão e a segunda, com alguma sorte, criar asas para transformar-se no próprio chefe. As Instituições de Ensino, pertencentes à da Educação, eram conhecidas como Porões de Ensino e regidas por gatos que, por nobreza do cargo e poder de decisão, ostentavam o tratamento de Rei. O Gato regia o Porão secretariado por aquele que adorava dar pitacos: o Sapo. Aonde fosse o Rei Gato, lá se ia o Sapo coaxando sem parar, dando solução para tudo, o que explica a natureza do tamanho da língua e da boca do batráquio. O sonho do Sapo era ser Gato, assim como o sonho do Rei Gato era o de ser Senhor Serpente e o deste, Nobre Falcão. Ambos, Gato e Sapo, comandavam o Porão de Ensino de um local denominado Ratoria – nome dado tendo em vista os freqüentadores serem roedores, em que a grande maioria constituída por ratos e camundongos. Os ratos organizavam-se em diretoria, a qual era presidida pela Ratazana, cujo desejo era o de virar Rei Gato. Para ensiná-los, havia os Patos. Diga-se de passagem, o Rei Gato, o Senhor Serpente e o Nobre Falcão foram, em metamorfoses anteriores, patos, os quais, por sua vez, foram ratazanas, ratos, camundongos e, quiçá, outros roedores. A manutenção do Porão era feita por quelônios... A Missão do Porão de Ensino era prover a Magna Casa de animais destacados para mantê-la abastecida, institucionalizada e regrada. A Instituição da Justiça, por exemplo, tinha o galinheiro como o fórum apropriado para assuntos jurídicos. Os roedores, assim que se diplomavam em Direito do Queijo ou Legislação do Requeijão, metamorfoseavam-se em galináceos. O máximo era ser Galo: de crista ao céu, realizava-se clarinando *de die in diem.* Representando esta Instituição no Porão de Ensino, estava o Pinto, cuja atribuição era munir o Rei Gato de normas para, entre outras, entrar com ações punitivas contra patos, cágados, ratos, e assim por diante. Para manter a ordem de polícia, existiam os porcos, que se realizavam ao escarafunchar a vida alheia e mandar bronca na bicharada do Porão, prontos para invadi-lo e torná-lo a maior porcaria. Nisso tudo e em decorrência deste exórdio, alguns episódios merecem ser resgatados dos alfarrábios da Magna Casa: a invasão de uma certa Ratoria.

2.

Nobre Falcão, precisamos dividi-los, fragmentá-los em regimentos e estatutos para controlá-los no ingresso, na manutenção e na saída dos Porões. Bem silvado, Senhor Serpente, e ai de quem utilizar as dependências escolares para fins subversivos, incitar ou participar de paralisações, movimentos, passeatas e manifestações não-autorizadas. Adotaremos, com urgência, penas severíssimas para os atos que atentarem contra a integridade da nossa Instituição. Encaminhe a lei aos Reis Gatos. Membros do Conselho Bestiário, tendo em vista a iniciativa do governo em normatizar a educação, incluiremos em nosso estatuto capítulo especial para regular a transferência da competência do poder disciplinar a mim, digo: ao Rei Gato. Nós, do Centro de Ciências do Pão de Queijo, diante da situação que atravessa a Magna Casa, vimos por meio deste ofício felicitar a atuação de V. Felinência por defender a democracia neste Porão. Nós, do Centro do Coalho e Letras, reforçamos o apoio ao Feliníssimo, que imporá a retirada das manifestações de ratazanas profissionais que, comandadas por outros não integrados a este meio do conhecimento, enganam com promessas fáceis aos de boa índole. É disto, Sapo, que o regime precisa: lambedores de saco. Ratos, acordem e pensem: põem-nos em cela! Põem-nos sela para cavalgarem rumo à ordem e ao progresso que tanto apregoam. À marcha! Preparem as faixas. Passeata. Faremos protesto em frente à Ratoria, onde está reunido o Conselho Bestiário para decidir sobre as conseqüências de nossa atitude, qual seja: a de fazermos passeata somente por fazê-la, sem nenhuma reivindicação a não ser a de andar. Querem nos prender? Que assim o façam. O que fará, Ratazana? Plantar-me-ei na porta de entrada da Ratoria. Calar-me-ei em protesto e não levarei queijo à boca; já que não posso falar, também não posso comer. A Ratazana está em greve de fome, Feliníssimo, e agora? Não permitirei e encaminharei ao governo falconídeo relato sobre tais acontecimentos. Nobre Falcão, o que fazer com a denúncia do Gato daquele Porão? O silêncio, Senhor Serpente, o silêncio. Não seria covardia, Nobre Falcão? Não entendeu, Serpente, é o silêncio dos ratos a que me refiro. Como fazê-lo? Cale-os na prisão, na ratoeira, na forca, na pistola, na faca. Enterre os seus corpos e as suas lembranças. O tempo, para nós, Serpente, é um remédio e, com a máscara da democracia, seremos vermes nas próximas metamorfoses.

3.

A pauta, Sapo? Patos e quelônios, Felinissimo. O que querem? Aumento de grãos de milho e quireras de arroz no almoço e no jantar. Ou? Greve. Gostaria de conhecer a posição do Senhor Serpente, tendo em vista que ele, na metamorfose passada, foi o Gato deste Porão. Feliníssimo, se me permite a audácia, o senhor foi a Ratazana que fez greve de fome. Vou à capital. Meu querido Gato, continua bravo comigo? De forma alguma, Senhor Serpente. O senhor aprontou das suas, enquanto quase experimentei a morte pela fome. O que é isso, Gato, ninguém morre nesta história. Vamos lá, Senhor Serpente, o que rosno para patos e quelônios? Hum... deixe-me pensar. Bufe-lhes o seguinte: para que possamos aumentar o repasse de recursos ao Porão, será preciso tirar aquele destinado à construção de asilos, de sedes do partido, pagamentos a jabutis fantasmas, além das prioridades em saúde, propina, segurança pública e por aí afora. Ronrone, com paciência, que todo o orçamento, dada a instabilidade econômica neste ano de eleição, está comprometido e não será possível o aumento sequer de migalhas. Ponto final. Ratazana, a Ratoria não se manifesta! A proposta, Pato? Greve, somente a justiça de uma greve, incentivada e apoiada por roedores, poderá forçar o Rei Gato a dedicar-se, a empenhar-se mais para conquistar o que é direito da nossa classe: a sobrevivência. Pinto, o que cabe a este Pato? Feliníssimo, como rege o estatuto: pela inobservância de preceito legal, estatutário e regimental, podem-se aplicar advertência, repreensão, suspensão ou, se for o caso, a expulsão. Repreenda.

4.

Ratazana, apoiaremos ou não a greve dos patos e dos quelônios? Convoque a Assembléia para discutirmos o assunto. Assembléia, o que queremos? Em vez de apoiar, Ratazana, por que não entrarmos em greve para reivindicar o aumento da quota mínima de queijo ralado ou a da tigela de coalhada? Não sei, a Assembléia decide. Assembléia? No alvoroço, alguns defendiam isto, outros aquilo. Os mais afoitos queriam cabeças, botar pra quebrar, e outros, invadir a Ratoria. Invadir! Invadir, não, ocupar. Estamos no que é nosso e nele não cabe invasão, mas ocupação. Eles não nos esperam. O que faremos? Ocuparemos? Quando? Não sei, a Assembléia decide. Ratazana, a ocupação será agora e na marra. Cerca de vinte ratos foram à Ratoria. Para ultrapassar a porta principal, um grupo forçou-a com as patas, fazendo ceder o trinco inferior. O superior foi aberto com o focinho. Entraram e rumaram ao gabinete do Rei Gato. Onde está o Rei Gato? Na capital. O que vocês querem, cambada de ratos? Não sei... mas, ei, Camundongo, tire a camisa da cara ou, ao menos, faça dois furinhos para enxergar e vá devagar para não quebrar nada. Viu só? Quebrou. Foi a foto daquele gato, mas foi sem querer. Eh, ratinho, não vê que estou servindo café? Olha aí, quebrou todas as xicrinhas. Tira esse negócio da cara, Camundongo. Desculpe-me, dona Tartaruga. Camundonguinho danado, pensou o quelônio com reprovação, espere sua mãe saber dessa algazarra. A senhora não vai contar para ela, vai? Alô, não me diga? Como puderam, Sapo? Coaxe-me o acontecido. Felinissimo:

oitocentos ratos vieram até a Ratoria, forçaram a porta arrombando-a com patadas e focinhadas. Na ação, agrediram o quelônio do café e destruíram copos, xícaras e demais utensílios da servente. Sapo, agrediram a quem? A dona Tartaruga, Feliníssimo. Covardia. A propósito, Feliníssimo, o seu retrato foi pisoteado. Essa, não! Passaram dos limites. De forma ordeira, ratos. Camundongo! Será que a dona Tartaruga não faria um cafezinho para nós? Acho que não, Ratazana, ela está puta comigo. Feliníssimo, foi ato de vandalismo e cabe instauração de inquérito por lesão ao patrimônio público e agressão física. Quem são, Sapo? Mascarados. Mentira. Verdade. Companheiros: não mexam, não rasguem, e preservem o gabinete do Rei Gato. Poremos nosso focinho a tapa e isso serve para você, Camundongo. Tire logo a camiseta da cabeça, só você que se cobre! Chame a imprensa e explique que o Restaurante Bestiário, o RB, está um chiqueiro e, se não cuidarmos dele, os porcos podem aparecer, daí já viu. Queremos o aumento justo da quota mínima de queijo ralado nas refeições. Não seria coalhada, Ratazana? Convoque a Assembléia para discutirmos o assunto. Assembléia, o que queremos? Queijo ralado. Douto Pinto, advirta, repreenda, suspenda, enfie na bunda desses murídeos. Ratos, vamos ao diálogo. Sem diálogo, Ratazana, vamos quebrar. Ainda estão lá, Sapo? Dormiram na sala do Conselho Bestiário, Feliníssimo. Que dia! Chame os porcos, Sapo. Ratazana, a vara de choque está perto, o que faremos? Nada, absolutamente nada. Ficaremos deitados e não ofereceremos resistência. Caso queiram, terão de nos arrastar. Não, Ratazana; enfrentaremos à força. Convoque a Assembléia para discutirmos o assunto. Assembléia, o que queremos? Coalhada. Não sei, sei lá, rapaz, mas formaremos uma comissão para ocupar, também, o Restaurante Bestiário. Felinissimo, eles tomaram o RB; o que faremos? Esqueça-os por dois dias e, caso quebrem ou queimem, entraremos com tudo.

5.

Alô! Felinissimo, chegaram moções de apoio: *a atitude dos ratos é intempestiva e inaceitável. Destroem o patrimônio público, ocultando-se sob máscaras. Se os ratos procuram legitimar suas reivindicações, por que se escondem? Qual a relação da agressão e da desordem que assolou a Ratoria?* Escute mais esta, Felinissimo: *não podemos aceitar que uma minoria de ratos, induzidos por uma Ratazana estranha à comunidade bestiária, provoque a participação de nossos roedores em atos tão deploráveis.* Ótimo, Sapo, e o que pensam os sindicatos dos patos e dos quelônios? Isentam-se e argumentam que o movimento é ação exclusiva dos ratos. De mais a mais, Felinissimo, eles nem entraram em greve ou em qualquer movimento reivindicatório, pois conseguiram o que queriam, deixando os ratos à deriva. Essa é nova: agora são os ratos os últimos a abandonar o navio. Prestem atenção: até a imprensa está contra a gente. O que diz o jornal, Ratazana? Acusa-nos de usarmos camuflagem. Como assim? Alega que somos um bando de mascarados. Só por causa de um camundongo? Dois dias de ocupação, ratos, é chegada a hora de novas ações: vamos nos envolver em atividades, assumir tarefas e permanecer à noite para defender a ocupação. Convocaremos a todos para saírem de seus buracos escuros e fétidos para abraçarem a causa. Ratazana, há camundongos que, sem atividades, retornaram para os seus buracos familiares e aproveitaram para tirar férias extraordinárias. Felinissimo. Coaxe, Sapo. O Porão está deserto e a Ratoria, uma festa. O que faremos, Ratazana, para impedir as aulas? Assembléia? Pôr cola nas fechaduras das portas, Ratazana. Não danifica o patrimônio público? Danifica. Então não, pode desgastar a imagem do movimento. Ratazana, que tal enfiar palitos nas fechaduras e assim retardar a abertura das portas? Felinissimo, enfiaram palitos de dente e de fósforo em tudo quanto é fechadura. Danificaram o patrimônio público, Sapo? Depende, Felinissimo; se quisermos, isso acontece. Sapo, chame o Pinto. Ratos e agregados, não vamos sujar as paredes. Põe aí uma cartolina: *Não suje: este é um movimento limpo!* Ratazana, a Ratoria recebeu apoio de fora do Porão, o que faremos? Convoque a Assembléia para discutirmos o assunto. Assembléia? Comissões de trabalho: arrecadação, pedágio, imprensa, informação, contatos externos, gestão do RB. Dará certo, Ratazana? Não sei, mas quem quer participar da arrecadação? Quem quer participar do pedágio? Imprensa, informação e contato externo não são iguais, Ratazana? Por Batman! Não sei se é óbvio ou se é estupidez, Ratazana, e esqueça essa coisa de comissão, pois a questão é resistir. Estabelecer pauta. Peça ao Camundongo que a escreva para que possamos entregá-la ao

Rei Gato. Ele foi embora: levou a maior bronca da mãe. O Gato voltou?

6.

Feliníssimo, aqui estão as exigências dos ratos: não-desocupação da Ratoria; sem corte de água, luz e telefone; cafezinho para a diretoria e cenoura para mim (ninguém é de ferro, comentou, em sorriso pálido, a Ratazana com o Rei Gato). Aumento de queijo ralado ou de coalhada, dependendo da Assembléia. Apoio à greve dos patos e quelônios (Como é que é? Eles não estão mais em greve? Ninguém nos avisou). Ratazana, primeiro vocês decidem o que, de fato, querem: queijo ralado ou coalhada; a partir de então farei campanha junto ao Nobre Falcão para arrecadar o que solicitaram. Encaminharei, todavia, ao galinheiro ação de reintegração de posse, caso a invasão persista. O Galo poderá despachar, determinando a evacuação. Uma Galinha intima-os nesse sentido; se não atenderem, o Galo apelará para os porcos. As responsabilidades disciplinar e legal serão deliberadas pelo Conselho Bestiário, porém desde já acordada a não-expulsão dos líderes. Quanto a pagar o pato, ver-se-á mais tarde. Ressalto as dificuldades financeiras vividas pelo Porão e a consciência ética da minha gestão. Ética de Gato, senhor? A não-punição, Ratazana, não significa que cada rato possa roer a roupa do rei que quiser. Não podemos, Rei Gato, mas fizemos o que foi possível e de melhor ao nosso alcance. Não o impedimos de tomar decisões e de agir, mas o limitamos distante do seu gabinete, e dirigimos este Porão. Assembléia!, conseguimos as quotas. A troco de que, Ratazana? Queijo ralado e coalhada. O que você conseguiu foi pouco para este grande movimento. O que mais queriam? Você nos traiu em troca da sua não-punição e entregou o que há de mais precioso: a consciência de nossos direitos. O que fará, Ratazana? Não sei, a Assembléia decide. Ratazana, espere, agora vejo a razão da sua insegurança. O motivo de nada decidir. Não entendo. Não seja dissimulada, Ratazana, principalmente quando abana as orelhas e mexe de modo engraçado o focinho rosado, de lá pra cá, qual tique de mentiroso. Você é Ratazana merda nenhuma, muito menos rato ou camundongo. Você é uma Lebre! Está disfarçada e infiltrada em nosso meio a mando do Rei Gato que, acreditando trocar rato por lebre, nos esmaga a troco de queijo ralado e coalhada. Pau na Lebre, gritou um desarvorado no meio da Assembléia. Esperem, guinchou a Lebre ao vê-los enfurecidos: disfarçando-me de ratazana foi o modo mais fácil para ser aceita entre vocês. Acabei sendo o único canal de comunicação com a Ratoria. Tinha, Assembléia, de chegar a um acordo, porque não sabia se agüentaríamos a pressão do isolamento. Covardia, Lebre!, por certo a resistência seria a saída honrosa. Resistir por resistir, ratos? Acordem: a população não quer investir neste lugar, alegando que será para beneficiar uma minoria abastada e privilegiada de animais diante da pobreza da Magna Casa, interpretando a nossa luta como a de uma minoria radical que impõe a sua vontade à maioria dos que aqui estão. O movimento, ratos, se esvaziou. A Ratoria decretou suspensão das aulas, e grande parte dos ratos metamorfoseou-se em camundongos e voltou para os seus buracos. Diferentemente da Ratoria, Assembléia, não estamos coesos em torno de um encaminhamento. Não há posição unificada, a não ser a vontade de unificar. Feliníssimo! Coaxe, Sapo. Por que eles agem assim? Sapo, sempre há o desejo do poder por detrás de um rato. Mas... V. Felinência não puniu a Ratazana e rato nenhum. Será devido ao seu passado? Será que a dívida moral consigo mesmo transformou-se em dúvida existencial? O senhor não seria Lebre no passado? Não será por falta de punição, Sapo, que este zôo ficará sem o seu bode expiatório. Que seja você o punido e expulso deste Porão de Ensino, pois sapo de fora não chia. Silvarei, então, Feliníssimo, em metamorfose próxima, longe das noites em que todos os gatos, por covardia, são pardos. *Um grupo dissidente de minhocas apedrejou o presidente da assembléia das cobras; um jacaré entrou de motocicleta na biblioteca das pererecas; aquele camundongo mascarado criou asas, virou morcego, foi eleito vereador e depois deputado, voando para junto do Nobre Falcão de modo a ajudá-lo a sugar o sangue do resto da bicharada.* Quando encontraremos a democracia, Rei Gato? No dia em que cada qual experimentar o outro lado da mesa, Lebre. Os ratos viram patos, tartarugas, sapos, porcos, serpentes e falcões. Cada um, em um ciclo interminável, querendo comer o outro, dando vida eterna a esta Casa controlada por vermes de metamorfoses passadas.

A PAIXÃO SEGUNDO QUALQUER PECADO

1.

Venho do palácio da Preguiça. Sou a Ira. Estou em uma colina cercada por pedras, vegetação rasteira e uma multidão de pecadores com as feridas expostas ao asco deste reino. Malcheirosos, sedentos, esfomeados. No alto, alguém, que daqui me parece ser o Pecador, fala sem cansar e solta no ar uma promessa destinada à massa ignorante. São palavras lançadas ao vento, laçando almas perdidas, adormecidas no doce embalar de um encantamento. Que multidão ensandecida! Sente e crê no que não tem sentido, e não vê o que é para ser visto.

2.

Quem vem lá? Ira, a centuriã. Agonizamos, Avareza, enquanto pecados menores alastram-se e enriquecem por conta da Soberba. A Soberba, Ira?, se ela se apraz em agir no assoalho, priva-a da fonte do prazer para tê-la em submissão. Não precisas impor dificuldades àquele de coração vazio, basta inundá-lo de falsas verdades, que o terás arredio. O Pecador tem de ser o nosso Redentor, pois traz o dom da palavra, que bem posta age feito calmante e aos poucos imposta domina gigantes. Esquece a Soberba por um instante e traze-me o Pecador. Elegei a qualquer um: a alma precisa de símbolos. Vai, centuriã, toma a Gula como aliada e traze o Pecador ainda jovem para que a sua paixão e morte sirvam de lição.

3.

Sou a Inveja, o pecado de poucas posses e sem muita inteligência. Eu e algumas irmãs estamos reunidas e exaustas neste claustro. O Pecador não pára. Comungo os farelos do pão de suas palavras. Torno-me parte dele no momento em que a dor e a traição são anunciadas. O vinho embriaga-me os sentidos. Não sei se é a neblina ou se é a bruma da provação a cobrir-me a visão. A confidência da noite revela muito mais do que o alento daquelas palavras. Penso, enquanto brinco com a embriaguez, o que o Pecador estará fazendo? Isola-se na rocha. Não sei se ora ou chora. A prece alcança o infinito ou esvoaça o pensamento ao uivo dos lobos e ao silêncio das aldeias? A madrugada está quente e rouba orvalho de suas têmporas, alagando o chão de vinho humano. Ele sofre e procura o ermo como se fosse o único companheiro. Tem pavor, como o medo fosse o único carrasco. És tu, Gula? O beijo que trais delata a face revelada no fundo de teus olhos. Gula, para onde vais? Quantos dinheiros, minha irmã, são necessários para encobrir o sinal de óbito na garganta? Partiu. A corda acenando a revolta, encobre a tosse, misturada à baba derramada por lábios trêmulos da Gula, predizendo um corpo surrado em chagas e a cabeça coroada por espinhos. O galho sustenta, débil, a degola do ingênuo pecado de querer para si, além do universo, a voz embargada por parábolas perdidas no Monte das Oliveiras. Daqui a pouco estará tudo esquecido em um galho de figueira. O ar rarefeito, as nuvens escassas. Enfim, vencida a Gula. Tu, quem és? Ninguém, centuriã. Ninguém querendo ser ninguém, ademais chegou o meu tempo de me refugiar entre os tolos, enquanto o Pecador é levado à cova das bestas, respondeu a Inveja à espada da Ira.

4.

Eis o prometido, Avareza, o que farás? Inquiri-lo, centuriã! Pecador, ouve-me: a vir de Caim, há quantas gerações os pecados vêm sendo ditados? O que sabes da música e da poesia de Jubal? De onde vêm as lutas e os jogos de Jabel ou a magia de Tubalcaim? Que Sol irradia a beleza de Noema, matriarca das prostitutas? O que sabes do padecimento de Noé em ter de expulsar o filho Cam, por este ter descoberto a bebedeira e a nudez do pai? Não, não sabes do sonho da terra prometida na boa ventura de Senaar e ali levantar Babel. Que mal, afinal, existe em desafiar o Céu? Pecador! Com a velhice fiquei por demais singular e cansei de me preocupar. Conheço teus pecados da mesma forma que sei de meus tesouros, guardados na cabeça de cada um. Estou cansada. Ouço falar de muitas histórias, de pecados cometidos e daqueles que hão de vir. Os teus, aguça a curiosidade. Conheci vários como tu. Todos pecando e adiando uma redenção que jamais ocorrerá. Mas os miseráveis carecem de esperança e de acreditar em algo que os faça sonhar enquanto são enganados e explorados. Este reino não condena loucos, precisa deles para domar os revoltados. O que faço de ti? Faze um milagre: transmuda em oceano dourado o pranto dos culpados. Minhas irmãs e eu somos uma raça prisioneira a ti. Se fores o que o dizes, liberta-nos da escravidão. Se fores o que dizes, livra-nos e a ti mesmo e toma a minha face e vai à Preguiça para rogar pela vida dos infelizes, pois a tua está por um fio de navalha. Que tumulto reina lá fora, Ira? Preguiça, a Avareza enviou-te esse aos teus pés. As minhas mãos não atingem o céu, centuriã, muito menos a culpa de quem não a possui. E quanto à multidão que aguarda o Pecador? O povo, Ira, clama não o certo ou o errado, mas o deleite de acompanhar mais outro nos passos à cruz. Quem será libertado: ele ou a Soberba?

5.

Caminhem, minhas ovelhas, caminhem. Sou a Indiferença, distante da multidão que se aglomera no paço do palácio.

Esta míngua trilha nos levará à proteção da chuva por cair e dos pecados que ali, aos pés da Preguiça, comemoram a saída da Soberba do cativeiro, condenando mais um. Evitemos o tumulto. A vida nos reserva muito mais do que a festa de indultos. Caminhem, minhas ovelhas, e leguem à Preguiça o fardo de aprisionar pecados ou ignorá-los.

6.

Ira, o que tu queres? Vem, Soberba, a coroar o reinado do Pecador. Eis o rei dos loucos, não é pastor de porcos? Como? Onde está a vara que te segue? Merece o espinho que te cobre, como o céu plúmbeo a este chiqueiro. Pecador, temos o prazer mesquinho de ver o sofrimento alheio. O vento sopra a face de todos sem preferência. A brisa fria anuncia o fim do dia e não refresca a apatia dos pecados que o saúda enquanto tu caminhas e tropeças no próprio rastro. Espera, tu não és a Inveja, perdida nos cantos bizarros deste reino? Sim, centuriã, sou a Inveja e não conheço esse que se arrasta na multidão. Tu não o reconheces? Não. Não. Não. Sou uma pescadora sem esperança, por acaso em frente ao palácio para ver mais outro a ser sacrificado por roubar as ovelhas da Avareza. Inveja, teu pote não tem fundo. Vai à Preguiça para, quem sabe, satisfazer-te em ser o desejo que existe por trás de um espelho. Sai, Inveja, antes que tu queiras apoderar-te de minha fúria. Quanto a ti, Soberba, estás livre, mas não te contentes com tão pouca liberdade e toma a cruz. Centuriã, não bastasse o peso de meus dias, e tenho de carregar o desespero desse infeliz? Quantos degraus, Ira, constroem a escada da paixão? Quanto de eternidade, Soberba, as nuvens escondem sob o céu? Tanto eu quanto tu faremos o serviço. Dá-me os cravos, Soberba. Escuto o ferro furar, penetrar lento e rechear-se com a dor. Contorce, geme. Implora-me, verme, para eu parar. Apertas os dentes e não queres ver que te cospem e escarram? Não diferencias o cuspe da lágrima? Não imaginas o trabalho que é o de levantar-te. És carne e madeira em um só. E os outros dois pecadores, centurião? Amarra-os cada qual à sua cruz, cada qual ao seu pecado. Ira, aquela não é a Inveja? Sim, Soberba. O que faz aos pés daquele que tu encravaste na cruz? Confesso, Pecador, gostaria de estar no teu lugar, de braços abertos, e abraçar os pecados do mundo. Sou apenas a Inveja.

7.

Pecador, não me reconheces? Sou a Luxúria, tua *Magna Peccatrix*. Escravizaste-me ao tempo de livrar-me das pedras... quem atiraria primeiro? Tiraste minhas irmãs da prisão da morte e aprisionaste o meu coração. Não me atreveria a dizer-te o meu amor, a não ser no clamor de minha respiração, no desgaste de meus pés a procurar-te, sem saber se o teu paraíso é o da minha paixão. A quem amo: a alma ou o corpo? Qual o pecado de escolher o errado? Meu irmão, não me reconheces? Sou eu, a Inveja. Segui passo a passo tuas verdades, contradizendo minhas mentiras. Hoje, sinto fragilidade no alcance das mãos. Suplicas o fim, como não soubesses ser o começo. Gritas feito demônio. És pouco e te queriam tudo. És tudo à imagem oferecida na ponta da lança. Estás com sede? O vinagre, a queimar-te, expulsa as fezes dos pecadores e tu os perdoas enquanto devias odiá-los. Já não podes me reconhecer, do mesmo modo que não posso ver-te, mas ouço-te e sei que no rufar dos trovões os parcos ouvintes do teu último suspiro descer-te-ão nu, envolto por chuva rala. Toma o teu fruto, Luxúria. Embala-o em derradeira canção de ninar. Aquece com lágrimas mornas o resquício do que é hoje o rebento proibido. Nada é comparado à tua dor. Não importa se esse é um senador ou um pescador. Antes de ser um ou outro, é o teu pecador. Abraça-o como nunca e compartilha com ele a morte que é tanto tua. Gostaria de estar no lugar dele, porém me custa deleitar essa paixão. Esquece-o e nos acompanha, Luxúria. Há quanto tempo estamos neste palácio, Avareza? Não me perguntes, Preguiça, não sei. Talvez a eternidade, talvez a ausência do tempo, mas, enquanto houver a natureza humana, estaremos aqui, reinando. Silêncio, quem vem lá? Somos nós: a Soberba, a Ira, a Inveja e a Luxúria. Silêncio. Um grito desesperado. De quem será, Preguiça? Não me perguntes, Avareza, não me levanto do trono para tomar um copo de vinho ou apanhar um bago de uva, mas não posso ignorar o grito insepulto da Gula revelando, no limiar da madrugada, uma subida. Quem viu? A Indiferença, pois para alguns foi roubado e para outros ressuscitou. Os dois lados fazem a moeda e os olhos são fantoches da alma: vêem o que lhes convém.

AS FLORES DE LÍRIO CRAVO

1.

A metrópole retrata, grandiosa, a pequenez dos moradores. Cada qual no seu jardim, esperando do céu a chuva, e dela a semeadura de melhores dias. Muito bem, Pedro, envie-lhes mercaptanas: a cidade ficará agradecida. Apenas não se esqueça de regar as flores.

2.

Se de onde estivesse, fosse necessário atravessar ruas, Lírio andaria de fronteira a fronteira para desembocar em uma prostitutazinha, que arreganharia pernas e dentes em troca de sorrisos. Em goles secos e rápidos, enxugaria rios da pátria solitária. A pátria também estava no boteco da esquina e onde houvesse um copo e nele borbulhasse alimento diário, residiria, ali, a fome do seu povo. Povo, enfim, que eu represento, esturrava na borda da cachaça. O nível de álcool fazia-o voltar ufanista para casa, enrolando idioma que ele próprio não entendia. Vomitava a pátria e os seus podres. Apátrida, acordava sonolento, dor de cabeça, em uma pátria estranha.

3.

Disse à Rosa, flor de faxineira, para desligar o oxigênio dos peixinhos do aquário. Não teria horário para voltar. Mendigaria amigos nos degraus da catedral e dormiria no frio da madrugada sem luar. Na manhã do outro dia, levantaria ao som da chuva na cabeça, ao som dos caminhões de verdura, ao som das xepas na feira e, com a enxurrada na bunda, brindaria, em cálice de lágrimas, a aurora de um novo dia sem precisar lavar o rosto, fazer a barba, tomar café, pôr gravata e sumir. Vadiou com os desvalidos para encontrar, em cada esquina, flores de cristal.

4.

Trinta anos. As flores? Colheu-as. Haveremos de querê-las, matraqueou ao canário empalhado em uma gaiola de fios de ovos; bebê-las com a arte de saborear o vinho para aprimorar a arte de degustar a flor. Em pleno domingo, em noite límpida de agosto, em alguma rua você estará sendo assaltada sem saber, Margarida. Na inocência, minha flor, você não me passa de reles mira que, entre a bolsa e a vida, roubo o seu desejo. Não tente movimento brusco. Não me fite. Ofereça-me o tempo, nunca o relógio. Ofereça-me a dúvida, jamais as pérolas. Os anseios, enfim, dentre outras jóias. Se, porventura, nessa aventura, conseguir escapar da minha fúria, refugiando-se no sótão dos pesadelos, lembre-se que sou um vampiro e tenho a Lua como cúmplice. Posso escalar paredes. Voar se necessário. Comovida, você tentará alcançar-me, oferecendo-me o tempo, a dúvida e os anseios. Conseguirá? Venha, minha flor, abra-se. Roço-lhe os lábios da sua taça de camurça. Brinco cada gota na boca semiaberta, dançando a língua na sua. Toda leveza do vinho não a leva às alturas, como este calor báquico a conduzir-me por suas fendas.

5.

A lágrima do vinho na taça derramada não disfarça a saudade da flor desejada. Navegou luas através da brisa mortífera do monóxido de carbono expelido das narinas dos automóveis. Sou um ébrio sem graça, Verônica, ao tomá-la na madrugada. Sente ao meu lado, Lírio Cravo, hoje o dia é outro. Beije-me o rosto, flor, acaricie-me e me adormeça antes que anoiteça a despedida.

6.

Cinqüenta anos. Conserva a barba e a calva torna-se clara. Apresenta-se a um copo com que, sem pudor, faz amor a partir da saliva até o próximo bar. Fumaça azulada. Balcão. Banco alto. Garçom. Papoula! Cansei, Lírio Cravo. Eu também, meu vício. O seu hálito intragável consome-se em cinzas à medida que a brasa avança o fumo do cigarro. E esse... esse jeito horrendo de enfiar o dedo nos buraquinhos da fumaça e do nariz a torna mais ridícula. Lírio Cravo, o que me admira é a sua insensatez. Papoula, Papoula. A cada ano que passa, nascem-nos rugas de preocupação; não a que nos fazem, mas aquela envolta de velhice e terrível catarata. Há tanta juventude por aí, meu velho. Claro, minha flor, tomaremos chá com bolachas no meu funeral. Garçom! Conta. Táxi. Motel. Sibila voz no gelo pelo grelo na boca convidativa. Vodca adormecida. Voz anárquica implora mais uma.

7.

Tateia ruas. Entra. Da porta, aporta-se no ventre da mesa. Debruça soluços: por favor, um *blues*! Bebe B. B. King *on the blocks*. Um *drink*, um *hard rock*. Ei, apague a luz. É você, Anêmona? Por que foge, Lírio Cravo? À noite, mergulhado nas indecisões do som, minha flor, existem alternativas associadas ao pavor do manicômio: assassina-se um mísero pirilampo que insiste em perturbar o escuro ou se padece sob a fraca luz de um isqueiro, que me rouba a palidez, furtando-me o direito de afagar a tez de uma pobre alma, escondida na mão que brinca de sombras com a escuridão. Anêmona, essas luzes são as guias exclusivas do compasso exaustivo da solidão. Deixá-la ou deixar-me? Abandonar nem sempre é sinônimo de covardia, Lírio Cravo.

8.

Deixou-a, pois as mãos não o impediram de acariciar a textura de outras flores. Divorciou-se das sombras. Elas que se fodam!, riu desvairado. Sim!, confessou que não prestava. Filho-da-puta floral, adorava deflorar madrugadas e fugir nos raios do sol. Abrir-me-ei em vales para abrigá-la. A volúpia de suas frases não me seduz, querido. Minha flor? A sua angústia, Lírio Cravo, são asas com as quais sobrevôo aqueles como você. A sola que me sustenta, Aquilégia, desgasta-se no árido percurso na busca do seu pólen. A sobra que lhe resta, Lírio Cravo, não consola a fadiga das horas em que se perpetuam fagulhas de alucinações. Pare, refutou, você é a criadora do Mundo e dos anjos imundos que invadem o meu coração. O seu beijo fátuo, jardineiro, o consome em cinzas enquanto nos embaraçarmos neste lençol.

9.

Cravo, o tempo passa e a sua frieza e arrogância são aprimoradas, comentou Dedaleira. Serão milhões as flores despetaladas na tomada oficial de seus sonhos, querido. Evidente, Dedaleira, mas não tão assim. Peco por falar demais. Duvidoso? Indecifrável? Imploro para ir aos *pubs* e púbis e ter o que fazer. Procuro na natureza, que não é esta povoada de ciprestes e flores carnívoras, a complementação supra-superior a mim. A mim, um fio de esperança para com o futuro, respirou em um lenço embebido de mistura barata de éter, clorofórmio e traços de cocaína. Tudo pode mudar ou, na pior das hipóteses, ficar como está. O que interessa, Lírio, é a sobrevivência que corre lenta pela janela e não a luxúria capaz de resgatar o passado.

10.

As amei, flores do meu delírio! No primeiro dia em que nos vimos, fizemos amor. No segundo, nos separamos. Não me lembro a época. No ano seguinte ao desse do esquecimento, na pracinha dos camelôs, dei com uma mulher estranha. Peônia continuava tímida. Na manhã seguinte, acordei-a com beijo na testa, bandeja de café e pão com mortadela. Seria a última vez, bem me lembro. Sonolenta, choramingou despedida. Partiria após o banho. Antes, lavaria a louça em cima da pia, botaria água na samambaia, limparia a despensa. Pelas tantas, abandonar-me-ia. Na saída para o outro dia, baforei-lhe campari pensando em outra e à outra dediquei versos juvenis. Nunca mais vi Hera em vida. Naquela mesma tarde havia algo exótico nos lábios de Alfazema. Ao tempo de convidar, evidenciava asco de meus dentes cariados: desejos imprudentes. Parados, trocávamos singularidades em frases enigmáticas. Um tanto tosco, rodopiei-lhe palavras e busquei o dado instante para beijar-lhe os grandes lábios: fosco, confuso, dopado. À noite, encontrei Tulipa no bar do Carvalho. Entre sarros e cerveja, suguei-lhe o fel da paixão. A boca estava gelada, a face ardendo em febre, suor e suco de cevada. Tulipa confidenciou-me a desventura de um romance recém-findado. Nos afagos aos seus mamilos, respondi que tudo haveria de passar. O que se deu com o Oliveira, deu para o Salgueiro e o Jacarandá. Mergulhado em copos e corpos quebrados, vendi a alma para o consolo das paixões.

11.

Visitou, em noite sem prejuízo de data, o cemitério municipal para encontrar algum conhecido. Todos estavam ocupados com planos eternos. Nada a fazer, depositou em um túmulo desconhecido uma bela coroa de todas as Flores. Um vidrinho de perfume vagabundo comprado na loja do Limoeiro. Verdade que Lírio Cravo teria de rezar para alguém. Teria de ter alguém que intercedesse ao seu fervor no Juízo Final. Rezou, orou, macumbou. Rogou o nome das santas junto às cruzes atropeladas por merda de passarinho. Prometeu vinda no dia de finados para renovar vasos e acender velas. De mãos postas rogaria... Para quem? Havia passado da ideologia dos vinte, não ameaçava pôr fogo no circo ou entrar em estado de sítio. Sentia que os dias a ele impostos chegavam e saíam com naturalidade assombrosa. As paixões, as ilusões eram fugazes. O coração renegava a menção honrosa da amizade. Havia passado do tempo dos prêmios de consolação. Havia décadas que não construía castelos na areia. O futuro é hoje, confidenciou às cruzes. O passado, águas pesadas que não merecem ser represadas. Tentou se afogar centenas de vezes e por fim decidiu se afogar de vez no próprio vômito. Morreu. Deixou de estar apto para brincar de cão e gato. Apelou. Qualquer política ou paixão o satisfaria, desde que o vento estivesse ao seu lado e o levasse para a outra margem do firmamento. Antes, porém, escreveu um bilhete à Prímula: não me espere para o jantar.

12.

Devo esquecê-las, minhas flores. Neste caixão de segunda, não nego que vêm ao meu socorro e depositam, na tampa, preces de todos os credos. Leio nos pensamentos de cada uma os problemas que ora as afligem: sapato apertado, mãos e pés por fazer, feijão no fogo, vestido no shopping, cristal Swarovski, festa na sexta, meias do marido, novela das nove. Todas aqui estão: gardênias, hortênsias, magnólias, dálias, éricas, ivones, amélias, petúnias, begônias, clívias, azaléias, crossandras, gusmânias, ipoméias, gazânias, gérberas, cravinas, primaveras, gloxínias, lantanas, maravilhas, sálvias, cinerárias, lobélias, alpínias vermelhas e bromélias amarelas. Orquídea tornou-se estonteante aos cinqüenta. Narcisa não desgrudou do espelhinho do *blush* e se escondeu ao ver a juventude de Prímula, a minha última conquista. Meu Deus, como Girassol pôde conservar tamanha altivez sem que o tempo a maculasse? Gerânio, entristecida. A orgulhosa Açucena não demonstra nenhum sentimento. Tulipa me faz declaração de amor e Crisântemo confidencia-me, em oração, estar apaixonada por mim, enquanto Jacinta continua magoada. Verônica e Hera juram-me fidelidade eterna. Lilás confidencia-me as primeiras lições do amor. Anêmona não me perdoa pelo abandono. Comove-me a inocência de Margarida. No canto do túmulo, Alfazema desconfia de todas, principalmente da piscadela leviana de Aquilégia. Peônia refugia-se na timidez, e Madressilva, na meiguice. Papoula causa furor com a sua extravagância, ao contrário da modesta Violeta, que se mantém serena ao lado da bela Camélia e da graciosa Jasmim. Dedaleira continua, como sempre, falsa, falsa até nas lágrimas. Rosa espeta-se na homônima, chupa gotinhas de sangue e não disfarça a lembrança das vezes que brincávamos de vampiro, enquanto ela varria sujeiras que não existiam para baixo do tapete, expondo-se, convidando-me por meio de suas nádegas voluptuosas e desprotegidas de rendas. Estão aqui, e eu neste purgatório vendo que fui o outro em suas vidas e, invariavelmente, as amei em igual intensidade. Se todas amassem e desejassem tantos quantos pudessem, eu haveria de ser sempre o outro de cada uma delas. O outro do outro, desvencilhando-me de centenas de pétalas que cobrem a minha cara para compor inúmeros rostos, até encontrar uma varejeira passeando sobre uma face que não é mais a minha, para revelar-me que fui o outro de mim mesmo.

13.

Não tive o tempo das flores, o perfume esvaiu-se nas penas de um beija-flor. Não tive a natureza do Sol, o calor difundiu-se nos interstícios de um coral. Gostaria de ter sido multidão, mas fui qualquer um. Regue-as e caso possa tirar-me deste limbo, Pedro, quero virar anjo. Um querubim, para que eu possa andar com a alma, pois as pernas estão cansadas de ter pressa. Pensarei com o coração; a razão está cheia de ter razão. Quero a paz da redundância para começar do início e ter isto por princípio para enfim terminar por acabar no fim de viver uma vida besta na síntese resumida de assim ser e assim ter sido a essência do espinho.

A TEORIA DO ENROSCAMENTO

Era tido como aluno brilhante. Não se alcançava a compreensão de onde vinha tamanha capacidade para entender de justaposição matemática aleatória com aliteração física combinatória daquela forma, antes, inclusive, de aventurar-se em cálculo einsteiniano elementar. Gênio. Exemplar. Não havia adjetivos mais substanciais para defini-lo. Sabia, como ninguém, sobre fractais elípticas aplicadas à mecânica nanonewtoniana. Depois de formado em Física Derivativa Euclidiana, fez doutorado e foi logo contratado como professor da universidade daquele estado. Era alvo, ressalte-se, dos suspiros das alunas e de ciúmes dos alunos. Pudera, era tão ou mais bonito do que o Apolo do Belvedere. Teve alguns casos com as pupilas, até conhecer a secretária do grupo interdisciplinar de Pedagogia dos Amorais. Casaram. Dois filhos. Ela deixou o emprego para acompanhá-lo no pós-doutorado, obviamente em Física Browniana, na Dinamarca (ou seria Finlândia?). Foi onde, em um daqueles lampejos de gênios e pirilampos, descobriu e interpretou a quarta dimensão. Simples, como costumava dizer: trata-se de um efeito combinado de tempo, velocidade e microespaço. Na medida em que se aumenta a velocidade em um curtíssimo tempo, cria-se a situação de torção espacial, dando condições ao surgimento de vórtices oriundos do então espaço tridimensional. A isso ele denominou Teoria do Enroscamento. Fez experimentos em Mecânica dos Fluidos. Utilizou-se das equações de Navier-Stokes para descrever o movimento, incluindo nelas a nova dimensão espacial: o ψ. Retornou ao seu país, onde começou a divulgar a teoria, afirmando que o cisalhamento, oposto ao dogma estabelecido de que tal grandeza advém de ações de fronteira, é um efeito microscópico na dimensão ψ, como decorrência do enroscamento 3D-tempo-velocidade, mandando às favas a teoria da camada-limite laminar nas proximidades do não-deslizamento. Seja o que for esse negócio de enroscamento, o fato é que o calendário dos normais passava direitinho como manda o figurino gregoriano. Os filhos cresceram e não optaram pela profissão do pai, preferindo Direito e Teologia. Apesar da meia-idade, conservava resquício da beleza apolínea. Mantinha-se fiel à ex-secretária e a agora voluntária para o serviço de pessoas portadoras de carência psicológica. Certa noite, concluída uma seqüência exaustiva de ensaios experimentais, complementares à sua teoria, adormeceu na cadeira do seu escritório, na universidade. Sonhou que o trajeto do trabalho para casa era como um corredor, tal qual a nave de uma igreja católica, com anjinhos barrocos nas paredes, mas sem o altar. Percebeu, no teto do centro da igreja, uma cobra. Fitou-a e foi correspondido. Enquanto caminhava por esse corredor, notou que, dentre dezenas de transeuntes, apenas a ele o ofídio encarava, e serpenteou do teto às paredes, evitando os barroquinhos. Veio até ele e, após enlaçar as pernas, picou-lhe o pênis. Causou-lhe estranheza o detalhe de a cobra ter face de mulher. A cobra criou asas e voou para o teto, transferindo a mira para outra vítima, desta vez uma mulher. Alguém se aproximou e advertiu ser natural aquilo, pois assim era a natureza das pessoas e das cobras. Acordou e voltou para casa, brincando com a simbologia do sonho, porque se considerava imune às tentações e, além de dominar a dimensão ψ, era perito em se desvencilhar dos olhares famintos das mulheres, como também em ser fiel à sua filantropa. Além do mais, o sonho era apenas outro sonho. Isso não era coisa de físico euclidiano, e facultava aquele treco para os freudianos. O dia, para ele, era espartano: de casa para a universidade e desta para aquela, construindo o seu refúgio para buscar a quarta dimensão, quem sabe a encontrando ao reencontrar, transcorridos trinta e cinco anos, a primeira namorada. Em que pesem as rugas, as saliências no papo e no colo denunciarem o tempo, foi inevitável não congelá-lo em um quarto de século. Haviam-se distanciado por ela, devido à profissão, mudar-se para a Índia, tendo ele permanecido na universidade desde calouro até a docência. A distância não foi suficiente para separá-los daquele instante, para reavivar a centelha do que sentiam na juventude. Confessara-lhe casada, mãe de três filhas e crise na relação conjugal. Estava na cidade e, em particular, na universidade, para representar os interesses de uma organização imago-virtual. No início foi estranho e não sabiam o que dizer um ao outro, a não ser que a vida fora generosa em mantê-los, em suas percepções, tão jovens. Quanto mais se aprofundavam em diálogos entrecortados, mais ávidos ficavam, engolindo vogais, sílabas, frases, beijos de língua; cunilíngua e o missionário e a missionária reversa, deitada sobre ele, entre as pernas dele, com as nádegas levantadas e de joelhos para iniciá-lo nas posições derivadas do *Venudaritaka*. Os meses sucederam-se e as técnicas estudadas, entrelaçadas, praticadas à exaustão. Envolveu-se com a primeira namorada. Utilizava-se, inclusive, da Teoria do Enroscamento ou da quarta dimensão, como queiram, para produzir planos mirabolantes de encontros e posições nada vestais. Participava de Congressos Científicos Nacionais e Internacionais onde houvesse e em que língua fosse para, tão-somente, encontrar-se com a amante. Os abraços *jataveshtitaka*, *kshiraniraka*, *jaghana* e o de Sésamo e Arroz. Os meses e as posturas *indranika*, *manmathpriya*, transformando-se magistralmente na *jrimbhitaka* ou na *lataveshta* para, na seqüência, fartarem-se com a *pidita-veshtita*. Praticaram, em outros encontros, a *mudita* seguida da *shulachita*. *Janukurpara*. *Kshudgara*. *Charunarikshita*. Era uma verdadeira mulher de *Maharashtra*, adorava exercitar as sessenta e quatro artes, dizer palavrões e ficar sem freios ao ouvi-los. Ele vivia a tal vida dupla de universo paralelo em tempo exíguo e velocidade incrível. Pedi o divórcio, disse-lhe a amante, e você, o fará? Divórcio... Separar da minha filantropa e dos filhos? Enroscado como a sua teoria, gasto física e emocionalmente dentro daquela bolha quadridimensional, preferiu o isolamento do escritório, onde adormeceu.

Sonhou que tinha morrido por falta de tônus. Viu a tal luz branca no final do tal túnel e a seguiu. Quando estava para atravessar um portão, ornamentado por pérolas, rubis e topázios, foi impedido por uma voz: ainda não, camarada. Você deve, primeiro, passar por aquele outro portão. Qual?, perguntou. Por aquele, parecido com os que existem em aeroportos, dotados de detectores de metais. Ao cruzar o portal aventado pela voz, ouviu um apito. Olhou para o braço e viu-se sem relógio, dando-se conta de que estava nu. Notou, apenas, um anjo mal-encarado, parecido com agentes aduaneiros norte-americanos. De braços cruzados, o anjo arqueou a sobrancelha esquerda e apontou-lhe o teto. Pois bem, não era o teto que apontava e sim um painel sobre o portão que, em vermelho fulgurante, mostrava um número: 50. 50?, perguntou ao anjo, que, com cara de poucos amigos, dobrou a cabeça junto ao ombro direito com a intenção de mostrar-lhe um quadro e nele uma tabela, como a que segue:

1	Madre Maria Teresa de Calcutá
. . .	. . .
5	Ghandi
. . .	. . .
28	Lady Di
. . .	. . .

37	Casanova
. . .	. . .
49	Oscar Wilde
. . .	. . .
51	Marquês de Sade
. . .	. . .
60	Salomé
61	Cleópatra
. . .	. . .
73	Luís XIV
. . .	. . .
100	Calígula

O que significa o 50?, refletiu com o pinto murcho, perdido entre os cabelos brancos do saco, parecendo bichinho acuado. O teor do seu pecado, respondeu o anjo enfurecido. Voltou-se à tabela e a fitou por um tempo que apenas a eternidade dos anjos pode nos revelar. Avaliou, relembrou os cem personagens na tabela registrados, da história de cada um personificada em pecado. Quer dizer que fiquei entre o Wilde e o Sade? O anjo descruzou os braços, encolheu os ombros, arriou as asas e, entortando a boca para baixo, avisou apenado: pois é, vai ter que voltar. Acordou assustado e em rios de suor. No trajeto para casa, parou em um bar, pediu uma cerveja bem gelada e, a cada gole, atormentava-se. Não pode ser. Não é possível. Que pecado fiz? Não mereço tanto. Não poderia estar lá pelos 20 ou 30? Logo o 50! Na outra semana encontrou-se com a amante e percebeu nela a feição de serpente querendo devorar-lhe o animalzinho desprotegido. Não posso. Retomou a vida e a Teoria do Enroscamento, tendo sido, com o tempo, reconhecido com várias distinções devido à sua contribuição à Ciência. Passados anos da experiência do 50 e, agora, senhor de sessenta e poucos anos recebeu, na capital do país, uma comenda por mérito científico das mãos do presidente da República e soube que o seu nome estava cogitado para o Nobel. Nesse dia e no hotel, encontrou a esposa cabisbaixa, com ares de preocupação. Pelo pecadômetro, pensou, será que ela descobriu tudo? Meu bem, disse a esposa, passamos dos sessenta e da idade de esconder segredos. Devemos nos manter pautados na verdade, para nos livrarmos de culpas que nos corroem a alma e assim caminharmos com tranqüilidade para o Juízo Final. Minha querida, eu queria confessar que... Deixe-me terminar, meu velho. Mas, meu bem, eu tenho de...! Quieto, deixe-me apenas terminar, meu querido. Sonhei que tinha morrido e na entrada do Céu havia um anjo com cara de poucos amigos. Ele me fez passar, nua, por um portão, desses que a gente encontra nos aeroportos. Ouvi um apito. Qual o número?, exasperou-se aflito o marido. A mulher, atônita, não soube o que dizer a não ser hã! e acho que perto da nossa idade. 60!, gritou desesperado o professor universitário, após acariciar o próprio pescoço. Sorriram. Ele olhou para a mulher como Krishna a Radha. O marido discorreu pela enésima vez sobre a Teoria do Enroscamento, enquanto a esposa lhe ensinou as inimagináveis artes do *Kama Sutra* e outras tantas jamais sonhadas por anjos e cobras aladas.

A IMPORTÂNCIA DE SER OSCAR

1.

Um dia depois de a nevasca ter coberto West Lafayette, no início de janeiro de 2001, resolvi descobrir os segredos da neve e os do prazer de estatelar-me no chão, de costas, braços ora abertos, ora fechados, desenhando no solo a figura de um anjo torto. De pé, recomposto, pus-me a caminhar e refletir o porquê de estar em Indiana.

2.

O Brasil é dono de inigualável diversidade biológica, da qual é possível encontrar fármacos importantíssimos. A obtenção desses produtos atravessa diversas etapas, desde a identificação de um determinado princípio ativo até a sua recuperação e posterior purificação. Nas etapas finais é que é possível utilizar sistemas adsortivos de separação. Seria a razão de estar nos EUA, assim como o objeto de minha pesquisa ser a proposição de um modelo matemático e a conseqüente simulação de processos de separação e de purificação de fármacos. Como? Comecei a imaginar um modelo simplificado para a adsorção, baseado na resistência à transferência de massa considerada no interior do adsorvente e o equilíbrio termodinâmico ser descrito por isoterma linear. Vista a complexidade do sistema, a solução adotada para o modelo poderia advir, a partir de conversas com o Morillo, de uma estratégia híbrida compreendendo parte analítica para a partícula, parte numérica para a coluna de recuperação. A concentração do soluto intrapartícula seria encontrada analiticamente e associada à concentração do soluto na fase líquida por meio do Teorema de Duhamel. Puts! Eis uma estratégia inovadora e criativa para diversas situações de afinidade sorbato/adsorvente. Vivas a Duhamel e a Morillo e à nevasca e àquele anjo gravado no solo e enviado para o Céu em um repente divino, trazido pela transferência de massa ao coração da humanidade.

3.

Absorto e inebriado por equações de balanço de massa e isotermas de equilíbrio pererecando na mente, não me atentei por ter cruzado a Book Tellers. Dei-me marcha à ré e entrei na livraria. Passei pela seção de Engenharia, em cujas gôndolas pude encontrar o *Adsorption SMB*, do César Xantana. Em seguida, passeei pela seção de Literatura Inglesa do século XIX, tomei cinco livros e rumei à cafeteria dentro da Tellers. Sentei e pedi um expresso a uma jovem, vestida fora de moda, tímida e um tanto quanto pálida. Na mesa ao meu lado havia quatro pessoas: um senhor claro, barba até o pescoço, cerca de setenta anos, cabelos em desalinho, conversava com outro, de estatura mediana, que tagarelava com igual entusiasmo, enquanto um menorzinho, moreno mediterrâneo, de monóculo, prestava atenção, tanta atenção a embebedar-se com os outros dois, e o quarto, alto, desinteressado da conversa. A garçonete trouxe-me o café e, sem cerimônia, juntou-se àqueles senhores. Ao levantar a xícara do expresso, com o cuidado de prender o mindinho junto à mão, desfiz meu encantamento do Teorema de Duhamel e percebi um enorme painel na parede da cafeteria. Havia nesse um salão, ao estilo vitoriano, que abrigava, entre outras coisas, uma mesa bastante singular. Nela, sentados em vistosas cadeiras, estavam vinhos de fino trato: Walt Whitman, Langston Hughes, Fernando Pessoa e Emily Dickinson. Não consegui identificar o quarto homem. Retornei à cafeteria e olhei a mesa ao lado, a garçonete. Sobressaltei. Voltei-me ao painel. Olhei a mesa ao lado, a garçonete. Levantei. Voltei-me ao painel. Um passo. Olhei a mesa ao lado, a garçonete. Voltei-me ao painel. Só não prestei a devida atenção ao degrau que separava a cafeteria do restante da livraria. Perdi o equilíbrio, talvez, termodinâmico.

4.

Enquanto caía, ouvia rumores, risos atravessando-me, alojando-me em espirais matemáticas e multicoloridas de sons.

A pessoa que me parecia ser Walt Whitman uniu-se aos sons para dizer-me: estrangeiro, encontre-me e, caso queira falar-me, fique à vontade, pois ouço a América cantar. Venham oradores, músicos, cantores. Venham poetas. Fernando Pessoa abandonou a timidez e dirigiu-se ao norte-americano: Walt, meu irmão, quantas máscaras vestimos? Nascemos ao pôr-do-sol e morremos no amanhecer. A morte, português, é uma torre em que a alma vai para gastar uma hora de meditação que nunca termina, completou Langston Hughes. Eu, respondeu Fernando Pessoa, sou mais velho do que a Natureza e o Tempo dela. O tempo, o tempo e eu caía. Langston Hughes voltou-se para Pessoa para dizer-lhe que todo lugar era o mesmo e que andava cansado de esperar. A esperança tem asas e pousa na alma, interpôs Emily Dickinson e completou: nunca vi o dia nascer nem a maré e jamais conversei com Deus. Deus, minha querida, cochila em um beco com uma garrafa de cachaça na mão, interferiu Hughes. Você também é mais um?, questionou-o Emily e sinalizou: estou pronta para partir. Sou ninguém e sinto um funeral em minha cabeça. A minha cabeça, sim, abrigava forte dor, como povoada por zumbis a percorrer-me cada fatia do cérebro. Walt Whitman solidarizou-se com Emily: adeus, meu capricho. Adeus, queridos companheiros. O desconhecido, impaciente e alheio, tomou o lírio preso à lapela de seu casaco, acariciou-o e, após cheirá-lo, entrou na conversa com pompas na língua: Deus sabe que não colei grau em Oxford para ser ninguém. Serei poeta, escritor, dramaturgo. Serei famoso e, se não alcançar a glória, serei notório ou, quem sabe, coçarei o saco e nada farei: está escrito nas estrelas. O que será, será. Eu estava distante, mas imensamente perto daquelas falas confusas, contudo apenas caía e todos saíram, exceto o desconhecido que evitou prejuízo maior a mim, amparando-me contra o chão.

5.

Antes de agradecer a quem me acudiu, notei o local iluminado de modo esquisito. Não apenas a iluminação; deu-me a impressão de não haver cafeteria. No lugar do painel, uma escadaria e no topo dela, afixado no teto, um candelabro enorme que sustentava velas de cera, as quais iluminavam, pregada na parede, uma tapeçaria francesa do século XVIII, representando o *Triunfo do amor*, ao estilo de Boucher. Uma senhora desceu os degraus acompanhada por duas pessoas e, caminhando na minha direção, comentou admirada que Oscar Wilde era o mais surpreendente, o mais charmoso dos oradores. Não mais do que cinco segundos, um homem de bigodes densos completou: esse é o famoso Oscar Wilde? Outra mulher, de idade avançada, cavaqueou incrédula: você está com o Sr. Oscar Wilde? Ele é tão esperto e tão brilhante. A primeira mulher, embebida por uma luz fúlgida, escondida além do candelabro, perguntou, em francês maltrapilho, ao meu protetor: confesse, Sr. Wilde, eu sou a mulher mais feia da França? *Du monde, Madame, du monde*, ouviu como resposta. Saíram indignados. Ao ser levantado como uma pena, olhei para o sujeito dos pés até onde pude alcançar. Calçava sapatos de saltos baixos e com fivelas prateadas.

Trajava espécie de *smoking* bastante justo. Um enorme casaco verde-escuro feito de pele de lontra, forrado com cetim purpúreo, cobria-o quase por inteiro. Os braços compridos terminavam em rendas, e anéis de esmeralda ornamentavam-lhe os mindinhos. Vestia camisa rosa com gola larga e uma gravata verde-musgo. Passei por seu rosto: grande e pálido. Não percebi detalhes da face, pois, protegendo-a, havia um chapéu de seda, da cor do casaco, que lhe tapava a metade do rosto. Em suma: estava diante de algum mestre-sala da Mangueira. Com o máximo de cuidado, ele me pôs em uma cadeira, junto a uma mesa, creio, vitoriana. Sereno, disse: perdemos as oportunidades, a forma e o nosso caráter. Mas o que não podemos perder é o bom humor, sendo esse o nosso dever para com os vizinhos, mas às vezes esquecemos disso, não é, meu querido? Meu querido?, pensei. Sem saber o que fazer naquela situação, restou-me dissecá-lo de cima a baixo. Wilde? Oscar Wilde? Não pode ser. Fez reverência, inclinando o corpanzil de cerca de 1,90 m. Rumou à chapeleira, que ficava ao lado de uma porta verde-oliva, para lá repousar o chapéu. Retornou à mesa, puxou uma cadeira e a conversa: meu rapaz, é triste, mas metade do mundo não acredita em Deus e a outra não acredita em mim. Ademais, meu jovem, quanto a acreditar, eu posso acreditar em tudo, desde que seja fora do comum.

6.

Recomposto, percebi o salão repleto. As pessoas estavam vestidas diferente da moda do fim do século XX e falavam com sotaque que, com certeza, não era o de Indiana. Meu Deus, morri? Fui prontamente respondido: espero que você não pense que exauriu a vida. Quem acredita nisso sabe que a vida o exauriu. Ofegante, senti a cabeça latejar. Não quero me pôr um fim em pleno meio-oeste americano. Veja: Oscar Wilde. Por Krishna! Oscar Wilde, se é que aquela pessoa era Oscar Wilde, arrematou: antes de tudo, os EUA nunca foram descobertos, diria que foram detectados. De mais a mais, meu caro, pode-se sobreviver a tudo, exceto à morte, bem como é possível viver sob isto ou aquilo, exceto a boa reputação. A morte e a vulgaridade, meu bom moço, são as únicas coisas do século XIX que não se podem explicar em separado. Wilde possuía voz *mezzo* e harmônica. As frases eram ditas de forma cuidadosa. Atordoado com a situação, sintonizei-me nas ondas daquela voz melodiosa: espera aí, meu senhor, estamos no século XXI. Jogou a cabeça para trás e replicou: menino, você é bastante moderno! Moderno até demais.

7.

Sondei o salão. Havia uma lareira, cujo consolo sustentava uma estatueta brônzea que, ao longe, lembrava ser uma representação de Narciso. O interessante é que o narciso se repetiu como flores em vasos de porcelana azul de Sèvres, que ladeavam a lareira, na qual crepitavam gravetos em fogo brando, este mostrando-me a língua ferina. As paredes do salão estavam pintadas em azul-celeste até certa altura, para completar-se, assim como o teto, em dourado fosco. No centro do salão havia um tapete violeta de bordas brancas. Retornei ao meu companheiro de mesa: não sei o que se passa. O que faço? Posso fingir-me de jornalista? Sorrindo, o suposto Oscar Wilde emendou: jornalistas! Eles sempre pedem desculpas a alguém, no particular, por ter escrito uma besteira sobre essa mesma pessoa para o público. Quanto a você, meu querido, a maioria das pessoas é forçada a desempenhar funções para as quais não tem qualificações. Estranhei, não havia motivo para fazer juízo a meu respeito. Ele poderia estar brincando ou tentando aproximação para uma situação, de certo modo, desconfortável. Na busca de simpatia para desvencilhar-me daquele incômodo, procurei ser educado: Sr. Wilde, o senhor não gosta de jornalistas? Ficou em silêncio para a seguir não me poupar: sou o Messias e o jornalista é o meu João Batista. A vida seria o seu Cristo?, perguntei. Reles crucificação a minha. O barulho das vozes aumentou. Virou-se, pensativo, para contemplar o salão. Acompanhei-o. O salão era, mesmo, espalhafatoso: um mercado de pulgas recheado de quadros de várias épocas. Cuidadosamente pintado, um deles retratava um jovem loiro de expressão andrógina. Outro conjunto que chamou a atenção foi o óleo *A viagem da vida*, de Thomas Cole. Quatro quadros de cerca de 1,2 m por 2,0 m, representando as fases da vida de alguém: infância, juventude, maturidade e velhice. De imediato, saltou-me a *maturidade*: um homem, solitário, ajoelhado em um barco à deriva em um trecho caudaloso de um rio. Em todos os quadros havia a presença desse rio, calmo e protegido por um anjo; exceto no da *maturidade*. Oscar Wilde observou por mais tempo aquele que retratava a *juventude*: uma paisagem radiante e onírica presenteada por um anjo. Quem sabe o mesmo anjo, pincelado de outra maneira, no quadro do jovem. Tratando-se de Oscar Wilde, eu não me aventuraria a dizer se eram anjos ou demônios. Ele comentou como se referisse aos quadros: a vida, meu bem, resume-se em quinze minutos feitos de momentos primorosos. Assim tão fácil?, provoquei. A vida é muito importante para conversar seriamente sobre ela, meu caro, além de nunca ter sido justa. Ela é deficiente de formas. As catástrofes ocorrem com pessoas e em lugares errados. Existe um horror grotesco nas comédias, e as tragédias parecem culminar em farsa. Fiquei surpreso. Ele foi capaz de sair do jocoso sem perder o estilo, o que me fez continuar: qual seria, neste caso, o segredo da vida? Apoiou-se nos cotovelos e debruçou-se na minha direção. Diminuiu um pouco a altura da voz, para me lançar em uma correnteza de frases: podemos ter em vida grandes experiências, mas há uma que se destaca. O segredo é reproduzir tal experiência o maior número de vezes possível. Tornar-se um espectador da própria vida é escapar do sofrimento dela, pois quanto mais se analisam as pessoas, mais razões para a análise desaparecem. Cedo ou tarde, meu bom rapaz, chega-se na merda universal chamada natureza humana. A primeira obrigação na vida é ser o mais artificial possível. A segunda? Ninguém a descobriu! Respirou e continuou: a minha obrigação como cavalheiro é nunca interferir com os meus prazeres em pequena escala. O objetivo da vida, meu bem, se é que existe algum, é simplesmente procurar tentações. Não existem muitas, o que é terrível. Eu, às vezes, passo um dia inteiro sem encontrar alguma e posso resistir a tudo, exceto à tentação. Caí em uma queda-d'água como decorrência daquele turbilhão de frases fragmentadas. Poderia ficar calado. Seria mais fácil, porém acabei impelido à beira de outro precipício. O senhor não é um pouco cruel? Com o semblante sério, respondeu-me calmo: o doente não pergunta se a mão que afofa o travesseiro é pura, nem o agonizante fica preocupado se os lábios que lhe tocam a testa é o beijo do pecado e um beijo pode arruinar a vida de uma pessoa. Foi interessante vê-lo discursar naquele salão cheirando a naftalina. Não me contive: o que poderia estar escrito nesse beijo? Abaixou a cabeça, demorou alguns segundos contemplando um de seus anéis e esticou o do mindinho da mão direita para que eu pudesse vê-lo melhor. Jamais ter uma emoção proibida! Na lata, sem pestanejar. Quase sem fôlego, quis cutucá-lo sem nenhuma decência: pelo que me consta, o senhor as teve sem exceção e não se arrependeu? Se eu perdesse os meus ideais, meu bom moço, eu perderia tudo. Boa reputação é um dos vários aborrecimentos aos quais eu nunca estive sujeito, pois não gosto de princípios; prefiro preconceitos, e gosto de pessoas mais do que de princípios e gosto de pessoas sem princípios mais do que tudo. Ironia da sua parte, apontei. Jogou, de novo, a cabeça para trás. Ele tinha tremeliques, diria suportáveis, como o de repuxar o queixo para a direita enquanto falava, mas o de jogar a cabeça para trás... Não se importava com os curiosos que passavam junto à nossa mesa; cutucava-os com trejeitos calculados. Suponho que ele se divertia com as minhas observações, para ele, às vezes, tolas. Retomando-as, prosseguiu: minha criança, sou um completo fracasso como homem perverso, e existem pessoas que comentam que eu nunca pequei ao longo da minha vida. Claro que comentam às minhas costas. Decidi ficar por mais algum tempo naquele lugar, para ouvir mais aquele desconhecido. Evitei as formalidades de tratamento.

8.

A história de Wilde era tida pouco exemplar na Londres vitoriana. Teve amizades fartas na época da fama. Colheu o número em dobro de inimigos, na desgraça, ao transpor do palco às ruas suas iguarias verbais, gestuais e comportamentais. Isso tudo aguçou a minha curiosidade: essa gente o condenou à prisão por sua relação com Alfred Douglas. Não foi um preço alto para pouca rebeldia? Fechou as pálpebras e mordiscou os lábios, controlando-se. Ninguém deveria pagar um preço elevado por qualquer sensação, meu bom rapaz. Eu, caso queira saber, nunca aprovo ou desaprovo nada de imediato. É uma atitude leviana para levar a vida, e saiba que não nos mandaram ao mundo para arejar os nossos preconceitos morais. Não me importo com aquilo que as pessoas comuns dizem, nem interfiro no que os fofoqueiros fazem. Adoro escândalos sobre outras pessoas; os meus não me interessam, pois não têm o charme da novidade. Quanto a mim, querido, gosto de fazer mexericos a meu respeito, salva-se tempo e evitam-se discussões. Não dei espaço para ele continuar: você adora provocações, não é? Não gosto de bate-boca, meu bom menino, é sempre vulgar e às vezes convincente. Escândalos e difamações não têm nenhuma relação com a verdade. Somente o fogo pequeno produz grandes fumaças. Você como o personagem central, é claro, arrematei. Arqueou a sobrancelha direita tal qual um pavão quando espana a cauda. Meu jovem, pior do que ser malfalado é não ser falado, e morro de medo por não ser mal-entendido. Levantei-me, estiquei a coluna, forçando-a com as duas mãos, e comentei: você se realiza com pecados tão simplórios! Wilde não escondeu o sorriso e esperou que eu retornasse ao meu lugar, para retrucar: não use grandes palavras, prezado rapaz, elas parecem tão pequenas. Aquilo que denominamos de pecado é o elemento essencial ao progresso. Sem ele o mundo estaria velho, estagnado e sem cor. Devido à curiosidade, o pecado incrementa a experiência da raça. Ele está escrito na face do homem e não pode ser ocultado, e o que existe é a estupidez, pela qual nutro enorme admiração. Hoje em dia, meu caro, é a fome, e não o pecado, a mãe do crime. Não quis objetar e preferi observar o salão. Pensei: as pessoas morrem, ficam as sombras e sobras da memória. A moral e os bons costumes são imposições momentâneas de uma época. Não sei se Oscar Wilde estava um século na frente dos seus ou se ele era universal. Estava lá, mostrando-me as chagas da sociedade. A grande questão é que as feridas mais profundas do ser humano são eternas. A pessoa que, no seu tempo, aprofundando o entendimento sobre a natureza humana e sabendo como explorá-la, tornar-se-á contemporânea do futuro. Tendo em vista a possibilidade de o tempo ser reduzido a um ponto ou a um círculo mítico, escarafunchei-lhe a alma: você é religioso? Limpou a fronte, como dela brotasse pecado na forma de suor. Qual é a minha religião, meu bem? No que eu acredito? Acima de tudo, creio na liberdade do indivíduo. Quantas almas se perderam nos confins da liberdade e no seu eco?, refleti com o dente falho em minha boca. O Deus de Wilde era o próprio Wilde: um grande espelho. Narciso encarnado. Os anéis de esmeralda cintilavam, dando-me o ardor verde do Brasil que faltava naquele salão. Retomei a questão: como você trata a religião? Respondeu sem nenhum temor em ser levado à fogueira: especulação! Uma brilhante e ousada especulação, meu querido, pois se os deuses querem nos punir eles atendem as nossas preces. A religião é a substituta elegante da fé e o ceticismo é o começo da fé. Fiquei embaraçado, mas sem me intimidar para questioná-lo: o ceticismo, nesse caso, é o fim da ciência? Olhou-me com curiosidade e disse que as religiões morrem ao se tornarem verdades, enquanto a ciência seria o registro das religiões mortas. Eu, cientista presumido, pesquisando a obtenção de um potente agente anticancerígeno para alcançar Deus pela ciência e não pela filosofia, não poderia suportar a postura de Oscar Wilde. Ficar calado seria concordar, mas eu não estava disposto. Wilde, a ciência é a bússola para aquele que veleja na ignorância. Meu jovem, a ciência morre primeiro do que a religião pelo simples fato de se converter em uma, argumentou e foi buscar-se nos quadros. Mergulhou na *infância* de Cole. Não sei com qual anjo ele se identificou. Estiolado, refletiu:

as boas resoluções são tentativas inúteis para interferir com as leis científicas. Suas origens são pura vaidade. Seus resultados, nulos. Elas nos dão, aqui e ali, emoções estéreis e luxuosas as quais têm certo charme para o fracasso. Isso é o que se pode dizer delas: são cheques que os homens tiram de um banco onde não têm conta. Fiquei pensativo. Por certo caminhávamos no terreno pantanoso do caráter humano. Não tinha a experiência de Wilde nem sabia o que ele arquitetava. Decidi deixar a conversa rolar, como os redemoinhos do rio na *maturidade* de Cole. O que teria a perder? Tempo? O que é tempo? E se houvesse algum crédito nesse banco da vida, Wilde, ainda que destinado para um pedaço de terra, não seria o suficiente para dar razão à existência? Levou a mão de noivado ao olho direito, massageando-o. Entre os direitos esperados durante a vida e aqueles extorquidos após a morte, meu bom jovem, a terra deixou de ser lucrativa ou prazerosa. Se vivêssemos o suficiente para ver os resultados de nossas ações, quem sabe aquelas que denominamos de boas estivessem adoecidas de remorso estúpido, e aquelas as quais foram denominadas más explodiriam em alegria radiante. Foi como se o Sol tomasse a face de Oscar Wilde. Seus olhos tornaram-se bolas de fogo rasgando a lugubridade daquele lugar. Cada facho desse brilho atravessou-me as entranhas. Sem nenhum limite?, indaguei. Entre Apolo e Dioniso, Wilde vestiu-se dionisíaco para responder: a moderação é fatal. O suficiente é tão ruim quanto uma simples refeição. Mais do que o suficiente é tão bom quanto um banquete. Nada acontece sem exagero. Teria escutado direito? Vendo aquele peru embalsamado, não consegui ocultar o traço de irritação que emergiu da minha testa: inclusive com dinheiro, Wilde? Olhou-me de soslaio. Não sei se entendeu a pergunta ou a ignorou. Desmanchou-se na cadeira e, bocejando, comentou: existe uma classe social que pensa mais em dinheiro do que a rica: a pobre. O pobre não pode pensar em outra coisa; e recomendar economia à pobreza é um insulto. É como aconselhar a alguém que passa fome a comer menos. Quanto a você, Wilde? Não quero dinheiro, minha criança, isto é para quem paga as contas. Eu nunca pago as minhas. Na ventura de passar por grande problema rejeito tudo, exceto comida e bebida. Ah, meu querido, adoro pequenos prazeres, eles são o último paraíso do complexo. Retomando a seriedade, prosseguiu: as riquezas comuns podem ser roubadas de um homem. As verdadeiras riquezas, não, pois na casa do tesouro da alma há preciosidades que não podem ser furtadas. Hoje em dia, menino, as pessoas sabem o preço de tudo e o valor de nada, e aquele que conhece o preço de tudo e o valor de nada é um cínico. Resignei-me. Balancei a cabeça concordando. Deixei o pensamento ao acaso e o compartilhei com o de Wilde: por quê? Nenhum homem é rico o suficiente para comprar o passado de volta, respondeu e continuou com igual seriedade: a alma nasce velha e torna-se nova. Esta é a comédia da vida. O corpo nasce novo e torna-se velho. Esta é a tragédia da vida. Para ter a juventude de volta, prezado rapaz, devem-se repetir as farras, e o segredo de permanecer jovem é a paixão ilimitada pelo prazer.

9.

Retornou ao conjunto de Cole. Aproveitei a distração para interrompê-lo: o que podemos nos oferecer? Foi uma abordagem precipitada, Wilde não estava distraído, talvez procurasse respostas e não se furtou a comentar a minha pergunta: o que um homem tem é o que está nele, e o típico esbanjador dá o de que ele mais precisa. Tudo?, interrompi, independentemente da idade ou da experiência acumulada? Apoiando-se com os dedos indicador e médio da mão esquerda junto à fronte, e o polegar preso ao queixo, ele contrapôs: as pessoas, hoje em dia, morrem de um senso comum vulgar, descobrindo que jamais podem lamentar os próprios erros, e o pior: se alguém fosse velho o suficiente para errar, meu rapaz, ele deveria ser velho o suficiente para corrigir. A experiência não edifica a sabedoria?, quis saber ansioso. Ele rebateu com parcimônia: o velho acredita em tudo; o de meia-idade suspeita de tudo; o jovem sabe tudo, e experiência é o nome que cada um dá aos próprios erros. Desse modo a sabedoria decorre dos erros?, perguntei. Olhou-me pensativo e fui levado à *Viagem da vida*. Vi-me naqueles barcos da existência. Cruzando os quadros, aportei no que retratava a *velhice*. Nele, o trecho do rio é mais escuro. O anjo aponta uma luz, igual à que ilumina o fim de um túnel. Tal imagem foi-me bastante realista, visto que ao lado daquele quadro havia uma janela entrecoberta por uma cortina de veludo azul, por cujas frestas era possível contemplar a lua cheia. Wilde, a vida é um rio inútil que arrasta os erros ao esquecimento? Um homem não pode ser avaliado pelo que ele fez, meu jovem, pois ele pode se manter na lei e continuar sendo desprezível, bem como desrespeitá-la e ainda ser fino. De longe, a estatueta brônzea de Narciso luzia, encorajando-me a atingir o que de Narciso havia naquela pessoa. Inclusive diante da própria alma refletida no espelho, Wilde?

10.

Imagino que Oscar Wilde entendera a minha pergunta, porém não tivera tempo para respondê-la. Apareceu um casal de modo inesperado. A mulher, bonita: pescoço de marfim, cabelos loiros encaracolados. Na face, enormes olhos azuis tipo não-me-esqueça. O sujeito era gordinho, de calva engraçada. Usava pesados óculos de aros dourados. Levantando-se para recebê-los, Wilde identificou a mulher: Sra Windermere, como vai? Oscar, desculpe-me por não estender as minhas mãos, estão úmidas com o orvalho destas rosas. Elas não são adoráveis? Tomou as mãos de Windermere, enxugou-as com delicadeza, beijou-as para, a seguir, apresentar-nos. Cumprimentei-a. Wilde, por sua vez, retomou o foco das atenções e utilizou as rosas como chamariz. São perfeitas. Peças formidáveis da sorte: eis uma rosa vermelha. Nunca vi flor como esta que, de tão bela, deve ter um nome latino bem pomposo. Wilde deu-se conta de haver uma quarta pessoa em nosso círculo. Windermere, ao perceber a indelicadeza da situação, não se fez de rogada: ah, gostaria de fazer as honras: este é Podgers, o meu quiromante particular. Podgers, gostaria que lesse as mãos do Oscar. Minha querida, não acho prudente, contrapôs Wilde para, a seguir, convidá-los para compartilhar a mesa conosco. Wilde perguntou-me se eu não queria que o sujeito lesse as minhas mãos. Neguei alegando que não estavam limpas o suficiente e que isso poderia obscurecer o meu futuro ou tornar mais negro o meu passado. Sabedor da minha intenção de não participar do jogo, Wilde estendeu a mão ao quiromante. Ao vê-la, Podgers ficou pálido e calado. Um calafrio o atravessou e as suas sobrancelhas tremiam. Contas enormes de transpiração surgiram da face pálida do acompanhante de Windermere. Os dedos gordos do quiromante ficaram úmidos e frios. Wilde notou sinais inexplicáveis de agitação. Estou esperando, Sr. Podgers, censurou-o Wilde. Estamos, acrescentou Windermere ansiosa, para, em seguida, endereçar-me sorrisos, com a intenção de cooptar-me para arrancar alguns segredos de Oscar Wilde. Podgers abandonou a mão direita de Wilde, para tomar a esquerda. Inclinou-se tanto para examiná-la que o nariz quase tocou a palma da mão do cliente. Por um instante o rosto do quiromante tornou-se uma máscara lívida de terror. Os olhos dos homens encontraram-se, seguidos de silêncio. Oscar Wilde entrou no clima. Não sei se por carinho a Windermere ou por debochar daquilo tudo. Na melhor das hipóteses, as duas. Dize-me o que o senhor vê. Dize-me a verdade. Eu devo conhecê-la. Não sou mais criança, brincou Wilde. Podgers piscou perturbado por trás dos óculos e moveu os olhos aleatoriamente, enquanto os dedos trêmulos trançavam a corrente do relógio de bolso. Com a voz irritadiça e nervosa, tentou alguns trocos do irlandês: o que o faz pensar que li algo em sua mão, Sr. Wilde? Bastou o sujeito abrir a boca para o ambiente ficar com ar de mortadela estragada, causando-nos a sensação de ele ter mascado o próprio fígado. A curiosidade, entretanto, estava em Windermere. Detalhe, senhores, quero detalhe. Detalhe é o que interessa. O que acontecerá ao Oscar? Falo sério. Não ria. Sou muito séria. Querida Windermere, você não tem noção como é terrível ser sacrificado, xavecou-a Wilde enquanto beijava as mãos da mulher, que sorriu e entendeu tudo aquilo como mais outra representação do poeta, pois sabia do talento deste para contornar situações delicadas. Windermere e Podgers levantaram-se, e, antes de saírem, ela dirigiu-se maliciosa a Wilde: muito bem, Oscar, estou deveras desapontada.

11.

Despedi-me do casal com um sorriso. Wilde levantou-se e beijou a face da mulher; aspirou o perfume das rosas que, a partir de então, deixou o ambiente impregnado com a sua nota. Quanto a Podgers, Wilde reverenciou-o e evitou, educado, o mau hálito. O quiromante não teve dúvidas, sacou do bolso dois cartões. Entregou um a Wilde e outro a mim. No cartão estava impresso: *Sr. Septimus R. Podgers - Quiromante profissional - Rua Lua do Oeste, 103a.* Wilde acenou a Windermere que, junto com Podgers, desapareceram no alto da escadaria. Essas amizades interessadas. Lady

Windermere era o lado curioso de Wilde ao tempo de ser o seu próprio desafio. Enquanto ela vencia os degraus, li angústia em Oscar Wilde. Ele sabia que Windermere descobrira-lhe os segredos, as máscaras. Puxou a cadeira, sentou-se e retomou a conversa, mas atento à escadaria: o homem diminui-se ao falar sobre si próprio. Dê-lhe uma máscara e ele contará a verdade. A máscara, meu caro, nos permite inúmeras faces. Não estava muito certo do que ouvi. Aquela história de quiromancia, vestida de aparente farsa, disfarçava muito mais, da qual Wilde safou-se. Quebrei o silêncio: vive-se no domínio da mentira? Enxugou as reminiscências de umidade das rosas na mesa. Uma história, meu jovem, não é verdadeira só porque alguém morreu por ela, e a verdade deixa de sê-lo se mais de uma pessoa acredita nela. A verdade raramente é genuína e nunca é simples. Deve ser terrível para alguém descobrir, de uma hora para outra, que passou a vida dizendo nada, apenas a verdade. Agora, aquilo que as pessoas chamam de falta de sinceridade é um modo pelo qual podemos multiplicar as nossas personalidades. Afinal de contas, o que é uma boa mentira, meu querido, senão aquela que é a sua própria evidência? Evidência de quê?, desafiei. Ficou constrangido e foi assertivo: de tudo. Estava escrito no portal do mundo antigo: conheça-te a ti mesmo. Hoje, está: sê tu mesmo. Para conhecer tudo sobre si próprio deve-se conhecer tudo sobre os outros. Creio ser relativo, ponderei, pois imagino o que pode estar escrito neste ou naquele lugar, inclusive nos dias de hoje, é: vende-te a ti mesmo. Repuxou a boca para o lado direito e abateu-se ao responder: o que nos parece tentativas amargas são bênçãos disfarçadas. Espero que você não tenha tido vida dupla, meu rapaz, pretendendo ser mau, sendo bom o tempo todo. Seria hipocrisia. Não se preocupe, pois logo, logo você andará como o convertido e o praticante, e advertirá as pessoas contra os pecados que você cometeu. Sabia confundir. Eu estava, de súbito, diante de um padre, confessando os pecados que não me são devidos? O pior é que ele se mantinha intocável: corpo e cérebro. Wilde, não cabe a você julgar os meus atos; os seus são de domínio público. A história da sua vida está no mofo das prateleiras mais baratas desta vida. Foi por decorrência da sua existência rasa que você gastou parte dos seus últimos anos na prisão. Apelei. Isso, segundo Solange, é tudo o que não se pode fazer em um embate mental. Perde-se a razão embora a tendo. As questões pessoais dizem respeito às próprias penas, desnecessário apontar feridas alheias, principalmente se vulneráveis. Wilde merecia palavras bem mais ásperas por sua impertinência constrangedora. Experimentou as grades, não por suas preferências sexuais, mas por ter provocado ignorantes. Que Wilde queime no Inferno! Não se incomodou e sacou uma lâmina da língua: oh, a juventude é monstruosa e não demonstra nenhum respeito por cabelos tingidos. Meu querido rapaz, você começa a moralizar-se. Não seja conceituado por suas más qualidades, pois poderá perdê-las na velhice. Fiquei estupefato. Como é que é? Não sei a razão dessa agressão. Eu estou vivo e você... Morto... ou estávamos naquele salão? Perdi as rédeas. Discutia com quem? Meus pensamentos? Pudera! Oscar Wilde agredia com tanta educação que era impossível controlar-me.

Havia nele certo sadismo que, convenhamos, não era condizente com o seu jeito, diria cauteloso, refinado de ser. Não tenho o sangue dos vermes e, a bem da verdade, perdi-o de minha face. Notou e não amenizou e não perdoou: os covardes sempre ficam pálidos, meu caro, e a consciência e a covardia são as mesmas coisas, em que a consciência é o nome comercial. Aliás, prosseguiu, hoje em dia quantos homens não gostariam de ver seu passado queimar até às cinzas antes deles próprios? Estava fora de mim e preferi percorrer palmo a palmo aquele salão. Haveria de descrevê-lo de inúmeras maneiras. Estratégias perfeitas para delinear sonhos. Mas não; Oscar Wilde era a essência daquilo tudo: Narciso, tapetes, quadros, menino loiro, anjo, luminárias, ostentação; menos humildade. Senti-me feito galo bravo pronto para cair na rinha. Nem tinha como, Wilde era bem mais forte e não havia sentido sair no tapa. Reza a lenda que, estudante em Oxford, surrou três de uma vez e, a seguir, os convidou para um conhaque. Contive a indignação. A batalha naquele momento era em nível pouco acima da física, para continuar com a verbal. Engana-se, Wilde, caso contrário a sociedade poderia pôr um sacana e um pobre coitado no mesmo balaio. Conhecedor da fragilidade humana, Wilde me provocava com desdém insuportável: que rapaz mal-educado! A única diferença entre um santo e um pecador é que o santo tem um passado e o pecador, um futuro. Eu estava em um julgamento... a todo momento? Seria Wilde o meu anjo vingador ou seria aquele negócio de superego que se esconde nas profundezas da alma e aparece sem mais nem menos? Wilde, você está preocupado por eu estar vivo e, no seu caso, esquecido? Que tolice, meu querido, nunca se deve tomar partido, isso é o começo da sinceridade, e a falta desta vem dali a pouco, o que torna qualquer ser humano um chato. Uma penumbra desconfortável pairou sobre nós, não havia como suportá-la. Estamos em um rumo no qual não gostaria de seguir, expliquei. Não para mim, meu jovem. Ser bem-educado é uma grande desvantagem, o que exclui em muito as pessoas. Não é o que almejo, devolvi. Fitou-me com avidez para apimentar-me sem refresco: não me surpreende, mocinho; a ambição é o último refúgio do fracasso. Era a minha oportunidade. O próprio Wilde, astucioso como ninguém, estaria pisando no próprio calo? Foi o bastante para eu retomar o autocontrole. Existem, Wilde, ambições e ambições. Há aquelas necessárias para nos dar forças para, no mínimo, viver. A ambição do pescador não é o peixe, mas ter o próprio barco para levá-lo a cardumes abundantes. O fracasso pode aparecer em outra categoria: a ambição de Ícaro, que dá asas às aspirações do ser humano ao tempo de destruí-lo por não conhecer o seu limite. E a ambição é quem rege a todos. Levantou o nariz e comentou com descaso: você é bastante trivial, querido, trivialíssimo! Antes que continuasse alfinetando-me, bedelhei-o irônico: sou bastante simplório e, por favor, gostaria de conhecer a sua opinião sobre algo mais ordinário: existe ambição para o amor e é onde o fracasso se refugia? Ficou constrangido. Sempre havia, por parte dele, comentário a fazer sobre todos os assuntos. A sua mente era ágil, poderosa, e deliciava-se com tudo. A face dele se iluminava ao falar; exceto naquele instante: o alimento da paixão, meu bom rapaz, é o belo, somente o belo, sempre o belo, e nada se compara em beleza de forma e de vigor à vida. Se você a amasse tão intensamente como eu a amei, sentiria o que eu sinto. É o belo que me dá alegria, embriaga-me tal qual o vinho, cega-me com um desejo insaciável. Não esbocei reação. Fiquei, alheado, observando aquela figura contraditória. A sua voz me conduziu à tapeçaria de Boucher, enquanto ele versejava: o amor é alimentado pela imaginação, e por ele nos tornamos mais sábios do que almejamos, melhores do que nos sentimos e mais nobres do que somos. Por meio do amor vemos a vida em sua plenitude e somente por meio dele é que entendemos a realidade do outro. Apenas o que é bom e concebido com delicadeza nutre o amor; fora disso, meu bom moço, o ódio florescerá. Não houve uma taça de champanhe que você não tenha tomado, um prato requintado que você não tenha saboreado ao longo de sua existência que não alimentaram o seu ódio, engordando-o. O ódio cega as pessoas. O amor pode ler o que está escrito na mais longínqua das estrelas. E quem, meu querido, sendo amado, é pobre?

12.

As vozes, comuns no salão, silenciaram. Contemplei o absoluto. Poderia jurar que os pensamentos de Wilde estavam na minha cabeça prontos a pensar prazer e tristeza. Senti-me possuído por um anjo preso à Terra e dei voz aos pensamentos: tem certeza? O amor é isso? Olhou para o candelabro e contou as horas no número de velas acesas. Demorou mais do que o costume. Não buscou palavras, porém coragem para dizê-las: o verdadeiro amor sofre e está calado. Meu rapaz, é difícil não ser injusto com quem se ama. Os fiéis conhecem o lado corriqueiro do amor; são os infiéis que conhecem as tragédias do amor. O silêncio tornou-se estridente. O salão era barulhento como o coração. Nunca me detive nesse conceito até o encontro com Oscar Wilde. Tive a impressão de compartilhar a sua alma. Era isso: mergulhei sem escafandro naquela alma. As idas e vindas de suas frases, tão sinceras e tão opacas, enleavam-me. O que eu poderia aprender? Quem sabe o próprio Wilde tivesse a resposta. Por quê?, perguntei. Transpassou o fundo de meus olhos e respondeu: não é o perfeito, mas o imperfeito que necessita de amor. Mantenha-o, pois a vida sem o amor é um jardim sem sol onde as flores jazem. A consciência de amar e ser amado traz calor e riqueza à vida mais do que tudo. Você é romântico!, repliquei. Como um camaleão acostumado às intempéries das rochas, Wilde retomou a máscara de agora-vou-te-pegar, pois aquela conversa sobre sentimentos, ao que parecia, o incomodava. A pior coisa de um romance, meu jovem, é despojar alguém de seu romantismo, e o ridículo resulta das emoções das pessoas no fim de uma relação. O homem pode acreditar no impossível, jamais no improvável, e aquele que segue a si próprio para estar convencido de algo é um completo insensato. Você, afirmei, é bastante dúbio. Wilde manteve o sorriso de uma criança recém-descoberta por alguma traquinagem. Personalidade é um ente misterioso, meu bem: se os bem-educados contradizem outras pessoas, cabe aos sábios contradizerem a si próprios. Os gênios, querido, sempre comentam sobre si próprios, enquanto eu queria que eles o fizessem sobre mim. Esse era o Oscar Wilde ou o que ele gostaria de ser e, talvez, não o soubesse e ensaiasse o seu personagem a vida inteira. Você não teme que as pessoas falem do seu comportamento, como diria, tão egoísta? Não ficou zangado, pois as minhas colocações poderiam ser infantis, e, quem sabe, ele as considerasse como companhia ou diversão e objetou com singeleza picante: o público não gosta da novidade porque a teme, e é tolerante ao perdoar a tudo, exceto o gênio. Uma posição cômoda, assegurei. Deitou sua cadeira em um ângulo de quase quarenta e cinco graus. Por pouco o gigante não cai. A cadeira mais confortável que existe é aquela em que sento ao receber visitas. Repeti os seus gestos e comentei: faz sentido. Ah, não concorde comigo, rapaz. Quando as pessoas concordam comigo sinto que posso estar errado. Balancei-me na cadeira: você pode cair nas garras afiadas da sociedade. Retomando a sobriedade dos gestos, ele focou-se em um casal que passara em frente à nossa mesa e nos olhara com desprezo. Mirando-os, discorreu: há três tipos de déspotas. Existe o que tiraniza o corpo, o que tiraniza a alma, e o que tiraniza tanto o corpo quanto a alma. O primeiro é o príncipe. O segundo, o Papa. O terceiro, o povo, visto que a sua autoridade é cega, surda, hedionda, grosseira e obscena. A sociedade, às vezes, perdoa um criminoso; nunca um sonhador. Como você!, afirmei convicto. Com naturalidade acentuada, ele repousou o olhar na lareira para dizer com ternura: sim, sou um sonhador.

Um sonhador encontra o seu caminho pelo luar e a sua punição é ver o amanhecer antes de todos. O mundo é um palco, porém a peça é mal encenada.

13.

Antes que tivéssemos tempo para respirar, alguém apareceu saltitando e imitando a batida de asas de borboleta: uma jovem bastante pálida e de cabelos azuis cobria-se parcialmente com um véu esverdeado, sendo possível notar manchas vermelhas nas coxas. Portava um cinto dourado, do qual cintilava um artefato. Pareceu-me ser um punhal. Uma tesoura. Louca, seria a descrição mais próxima. Parou à nossa frente. Sondou Wilde. Babou na minha direção e apontou para o candelabro: a Lua, a Lua. Oscar Wilde levantou-se e, cortejando-a, tagarelou de modo teatral: ela é dona de uma aparência toda especial; seus pés, prateados, são como pombas, e move-se como um fantasma. A princesa Salomé está linda esta noite. Salomé?, perguntei surpreso. A moça adiantou-se a Wilde: sim, Salomé, filha de Herodias, princesa da Judéia. Ele deu-me uma piscadela em sinal de grande comédia por começar. Não o levei a sério. Fez-se cordial, mas manteve traço de vulgaridade em seus trejeitos: sim, minha querida, o que deseja? Salomé mostrou-nos a luminosidade das velas no candelabro: olhem a Lua. Não está estranha esta noite? É tal qual uma morta-viva emergindo de uma tumba. Deu-me vontade de participar daquele jogo cômico-tétrico. O que teria a perder? Junte-se a nós, princesa, convidei-a. Fingindo irritação, Wilde interrompeu-me: o que pretende? Por que a contempla dessa maneira? Tudo pode acontecer. Salomé percebeu-me, umedeceu os lábios com a língua e virou-se para Wilde: gostaria de falar com ele. Salomé veio na minha direção em passos felinos. Aflito, Wilde pôs a mão no ombro da moça. Princesa, imploro, não vá até ele. Preciso olhá-lo de perto, retrucou Salomé. Os olhos dele são terríveis, são como as cavernas do Egito que abrigam dragões e como lagos negros agitados por luas fantásticas. Seus cabelos são como os cedros do Líbano, como os enormes cedros do Líbano a dar sombras aos leões. Continuou, como uma onça-parda, vindo para o meu lado. Wilde, apavorado ou simulando tudo aquilo, quis freá-la: Princesa, imploro para que não fique aqui. Quanto a mim, duvidava até dos pensamentos. Salomé ficou a um dedo da minha boca, tomando-me o ar. Princesa!, sussurrei. Fale de novo, disse-me, sua voz é música. Fale de novo e diga-me o que tenho a fazer. Estava para beijá-la. Salomé afastou-se, torneou-me e retomou o jogo. Estou encantada com o seu corpo: branco como os lírios no campo. O seu corpo é branco como a neve sobre os montes da Judéia. As rosas no jardim da Rainha das Arábias não são tão brancas como o seu corpo. Não há nada tão branco como o seu corpo. Salomé, chamei-lhe a atenção, o que pretende com a tesoura? Em um grito seco, agudo, não se fez de rogada: a cabeça! Prendi o fôlego e soltei um grito ensurdecedor: Nossa Senhora dos Prazeres! Wilde riu. Eu estava perdido. Não sabia o que fazer no momento em que ela avançou, empunhando a tesoura, abrindo-a e fechando-a, mostrando-me os fios da navalha ávidos por degola. Caí da cadeira. Salomé sentou-se na minha barriga, esfregou-se com a bunda e passou a tesoura na minha face, para lá e para cá, alternando urros, miados e gemidos. A cabeça, a cabeça de Iokanaan. Tenho de beijar os lábios de Iokanaan. Eu sabia, continuou a tal, que a Lua procurava algo morto. Sem o que fazer e de olhos prontos para saltarem de minha face na busca de um lugar mais calmo, tirei-os dos seios convidativos de Salomé e os desviei para Wilde. Iokanaan? Quem é o cara? Salomé, indignada, levantou-se de minha barriga e desviou a tesoura para Wilde. Trocaram sorrisos enigmáticos. Ele abaixou a cabeça simulando decapitação à francesa. Freneticamente, Salomé cortou as mechas extras de Wilde, moldando-as semelhante às do busto de César Augusto.

14.

Salomé, do modo como entrou, saiu rumo à escadaria, enquanto Wilde espanou os cabelos do casaco e viu-se livre dessa vestimenta, levando-a para junto do chapéu, posto adiante na chapeleira. Na volta, notei que ele estava trajado mais a rigor do que eu imaginava. Mais velho e controlando a voz, comentou: não é comum para uma dama falar com tanto entusiasmo com o sexo oposto. As mulheres na Inglaterra guardam os seus sentimentos até se casarem para, em seguida, revelarem-se. Procurei por Salomé na escadaria. É doida! Debochando das deusas, Wilde propôs uma explicação: a força da mulher vem de um fato que a psicologia não nos pode explicar. Os homens são para serem analisados, as mulheres... apenas adoradas. Esforcei-me para manter-me civilizado e o provoquei: todas, incluindo as mães? Fez cara de quem não havia entendido e não ficou à vontade com a minha súbita intimidade. Insisti com atrevimento: como foi o seu relacionamento com Jane Wilde? Pelo que sei, ela causou furor em rodinhas literárias na Irlanda. Ela o influenciou de alguma maneira? Chateou-se com a intromissão, mas foi gentil na resposta. As mulheres tornam-se iguais às mães: essa é a tragédia delas, meu querido; e os homens, não: essa é a deles. Eu fui influenciado por minha mãe. Todo homem o é na juventude. Antes de continuar inquirindo-o, ele fez sinal de reprovação. Nutri a maior admiração e amor por minha mãe, meu caro. Era uma grande mulher, uma perfeita idealista. As mulheres são muito mais corajosas do que os homens, você não acha? Nunca conheci uma pessoa com tamanha fé quanto a de minha mãe. Era uma das grandes figuras do planeta. Não ouso imaginar como ela deve ter sofrido com a minha sentença. Certa vez, revelou-me que em breve morreria e eu não teria chances de vê-la. Ela nutria grandes esperanças de que a prisão me salvasse.

15.

Wilde, não resta dúvida, havia envelhecido, fosse por passe de mágica, fosse por corte de tesoura. De cabelos curtos, revelava o hábito de não lavar o pescoço, mantendo-o azulado. Sabe-se lá a razão para assim conservá-lo, tendo-se em conta que na época da sua mocidade gabava-se por ter sangue azul. Desculpe-me, Wilde, não imaginava tamanho carinho por sua mãe. Avancei o sinal ao tempo de não me poupar da indelicadeza da curiosidade, ainda assim cultivando-a: você alimenta igual respeito às outras mulheres? Percebeu que fiquei encabulado com a situação e com o assunto Jane Wilde. Os homens insistem em ser o primeiro amor de uma mulher, meu bem, essa é a vaidade tola deles. As mulheres são mais sutis, pois preferem ser o último caso de um homem. Senti um raio percorrer a minha coluna. Por que você se incomoda tanto em dividir homens em um canto e mulheres em outro? Um homem pode ser feliz com uma mulher até desistir de amá-la, respondeu e, sem tempo para respirar, prosseguiu com a malhação: as mulheres nos amam por causa de nossos defeitos. Se tivermos um monte deles, elas nos perdoarão, inclusive, o nosso intelecto gigantesco. Você foi casado, Wilde! Meu querido, não toque nesse assunto. Como o casamento arruína um homem, é tão desmoralizante quanto um charuto, e dos mais baratos. Se tudo é desprezível no casamento, Wilde, por que os homens e as mulheres se casam e, caso o casamento não dê certo, tentam o segundo? Aspirou o ar com vontade e respondeu: existe algo que é mais catastrófico em um casamento sem amor, meu rapaz, um casamento com amor, mas só de uma das partes. Os homens casam quando estão cansados e as mulheres por serem curiosas. A mulher casa novamente porque detestava o primeiro marido, e o homem porque adorava a primeira esposa. As mulheres tentam a sorte, os homens arriscam a deles. Impressionante o fôlego de Wilde: era uma metralhadora ambulante, todavia conservava *glamour* em suas ironias. Está por demais trágico, não?, adverti. Sorrindo, devolveu: há somente uma verdadeira tragédia na vida de uma mulher: o fato de o seu passado ser o seu amante, e o futuro, o seu marido. Dessa maneira, deduzi apressado, as pessoas deveriam se conhecer melhor antes de um compromisso? Não sou favorável a longos namoros e noivados, meu caro, eles dão às pessoas a oportunidade de conhecer o caráter umas das outras antes do casamento. Observei o anel de esmeralda no mindinho da sua mão esquerda. Wilde, não existe espaço para a amizade seja qual for o relacionamento? Não há possibilidade de amizade entre homens e mulheres, meu rapaz. Há paixão, inimizade, adoração, amor, mas não amizade. Sempre?, perguntei com convicção duvidosa. "Sempre"! Que palavra terrível, meu jovem. Estremeço ao ouvi-la. As mulheres adoram usá-la, pois deterioram um romance ao tentar torná-lo eterno. Será, pensei, que é isto que desejamos para a vida: conviver com pessoas que têm objetivos diferentes dos nossos? O que dizer daquelas que acreditam que podem transformar as outras, frustrando-se ao descobrir que não existem espelhos de carne e osso? Levei uma das mãos à boca, para não revelar tais caraminholas. Mantendo-a na boca entreguei-me por entre os dedos: rapaz! As mulheres que se livrem da sua língua. Sarcástico, replicou: as mulheres dão aos homens o ouro de suas vidas, exigindo algo em troca. A história delas é a história da pior tirania já contada: é a tirania do fraco sobre o forte. Elas representam o triunfo da matéria sobre a mente, da mesma forma que os homens representam o triunfo da mente sobre a moral. Moral? Será que ouvi direito? Passou a mão direita pelos cabelos e parolou: o que você quer saber? Moralidade é uma atitude que adotamos para as pessoas das quais não gostamos. Falar das mulheres conhecendo-as sem conhecê-las, Wilde? No fundo, no fundo, imagino que ele sentia inveja da mulher. Contudo, verdade seja escrita, creio que ele se sentia como uma prostituta acabada e repleta de migalhas e econômica no prazer. Na busca de pôr fim na conversa de mulheres e homens, dirigi-lhe a pergunta que, imagino, poderia constrangê-lo, se é que isso era possível de acontecer: quais tipos de homens e de mulheres, enfim, o contentam? Minha criança, você não está bem; gosto de homens que têm futuro e de mulheres que têm passado.

16.

Havia no rosto de Oscar Wilde erupções que traziam incômodo para quem as olhasse. Omiti-as e fui salvo por um soar de gongo, disfarçado em voz suave: a Lua está bonita esta noite e não há sinal de chuva. Oscar Wilde virou-se para mim e afirmou com pitada de maldade: quando as pessoas comentam sobre o tempo, sinto que querem dizer outra coisa. Quem é ela?, quis saber. Aos sussurros, revelou: Srª Allonby. Ninguém. Ninguém em particular. Uma mulher sem importância! Tive o pressentimento. Não, tive a certeza que Allonby ouviu. Irônica, debruçou-se na mesa e jogou os seios generosos a um milímetro da face de Wilde para dizer-lhe à queima-roupa: homem, pobre, desajeitado, confiável. O homem necessário pertence a um sexo que tem sido racional por milhões e milhões de anos. Ele não pode ajudar a si próprio: faz parte da raça. A história da mulher é diferente: nós temos sido o protesto pitoresco contra a mera existência do senso comum. Vemos o perigo logo de cara. Wilde fez com que Allonby compartilhasse a mesa conosco e não teve dúvidas sobre a sua costumeira hospitalidade para retrucar: o mundo foi feito para os homens e não para as mulheres. As mulheres não têm como nos julgar, apenas nos perdoar se necessitarmos de perdão. A missão delas é o perdão e não a punição. Não seja tão senhor de si, Oscar, detemos o fascínio das coisas. Temos muito mais proibições. Se é assim, defina-nos como sexo. Esfinges sem segredos!, chutou, de primeira, Wilde. Doeu. Allonby tinha cerca de 1,70 m, corpo torneado, belo rosto ornamentado por duas contas de safira. Vestia-se de branco, e um enorme chapéu de aba larga e penas brancas protegia-lhe os cabelos castanhos. Nisso, chegou um homem com ares de preocupação ao examinar o candelabro. Tomado pela presença de Allonby, o sujeito endereçou-me balbucios: queria falar-lhe em particular. Estou coberto por devaneios e saiba que não sou assim. Nenhum de nós, homens, é o que aparenta. O que eu quero saber é o seguinte: quem é ela? De onde veio? Quem é esse?, perguntei para o Wilde, que me segredou: ninguém. Ninguém em particular: um homem sem importância. Como o senhor está, Lorde

Augustus?, cumprimentou-o Wilde. Augustus, sem muita prosa, sentou-se conosco. Creio que ele tinha problemas de audição, pois começou a falar alto: nos dias em que eu tinha a sua idade... Embora conversasse comigo, o tal Lorde encarava, faminto, Allonby que, ao perceber tais investidas, esquivou-se e não permitiu a Augustus completar a sentença: delicio-me com homens acima dos setenta. Eles oferecem a devoção de uma vida inteira. Acredito que setenta é a idade ideal para um homem. Wilde intrometeu-se sem hesitar: um marido ideal! O marido ideal?, perguntou Allonby e, com olhar sedutor semelhante ao de Salomé, virou-se para mim para revelar-nos: o marido ideal? Oh, o marido ideal conversaria conosco como fôssemos deusas e nos trataria como crianças. Ele recusaria os pedidos mais sérios e satisfaria a cada um de nossos caprichos. Encorajar-nos-ia a ter caprichos e nos proibiria de ter missões. Diria muito mais do que quis dizer e refletiria muito mais sobre o que disse. Lorde Augustus, grafe-se, não aparentava ter os setenta anos. Bem mais jovem, apesar de a gosma de lobo guloso descer-lhe pelos lábios ao ver uma mulher. Grisalho, vestia-se com bom gosto, salientando o colete branco, no qual havia um bolso e neste, uma corrente prateada que sustentava um relógio. No meio da conversa, surgiu outra mulher, alta e magra. Lábios finos e vermelhos: um risco escarlate em face pálida. Cabelo ruivo veneziano, nariz aquilino e pescoço comprido. O ruge acentuava-lhe a palidez natural. Olhos verdes moviam-se como os de uma leoa na hora da caça. Usava diamantes e um vestido da cor de heliotrópio. Lembrava uma orquídea, despertando-nos curiosidade. Os seus movimentos eram graciosos. Enfim: uma obra de arte, todavia influenciada por muitas escolas. Aparentando ter escutado a consideração da outra, a mulher que chegara mostrou as garras, preparadas e destinadas a Allonby: mulher exuberante esta, fala mais e vê menos do que qualquer uma que jamais encontrei. Ela foi feita para falar em público. Muito mais do que o seu marido, um típico inglês: burro e violento. Não entendi a agressividade da recém-chegada. Notei Oscar sorrindo sem alarde. Muito bem, e essa, quem é? O nome dela é Cheveley, revelou-me. Suponho que seja uma dos Dorsetshire Cheveley. Não sei; as famílias estão tão misturadas hoje em dia que é impossível distingui-las. Contemplando a beleza de Cheveley, Augustus partiu para cima da bela: ela explica tudo. Virando-se para o Lorde Augustus, Wilde papeou: as mulheres representam o irracional. Cheveley ignorou a pilhéria de Wilde e atacou Allonby: as bem-vestidas, sim; aliás, meu bem, você deve ter o seu preço, todas têm. Esse é o jogo da vida, de que, cedo ou tarde, teremos de participar. Pronto, pensei, chamou-a de vagabunda. Allonby, em gesto marcante de arrumar os seios deslumbrantes naquele decote pecaminoso, não se fez de rogada: tive apenas um marido até agora, queridinha. Suponho ser uma completa amadora em seu conceito. Foi-me tão interessante ter conhecido o seu marido, devolveu a ruiva. Adorando tudo aquilo, Augustus não se aquietou: por Júpiter, por Júpiter, para, logo a seguir, levantar-se, despedir-se, rumar à escadaria e desaparecer em poucos segundos. Cheveley, por sua vez, não deixou por menos: ocupou a cadeira de Augustus, mas não o silêncio do homem. Olhando com descaso para Allonby, Cheveley continuou inoculando-a: saiba, doçura, era-me importante ver o seu marido para suplicar-lhe um favor. Allonby não deixou por menos: minha "Senhora", você se delicia com prazeres tão pequenos! Para o seu governo, o meu marido é como nota promissória que, por sinal, me cansei de saldar. O circo estava armado, as feras soltas e o domador divertindo-se no picadeiro. Wilde, você não vai interferir no bate-boca? Daqui a pouco elas se pegam para valer. Será um deus-nos-acuda. Depois de olhar para Allonby, Wilde desviou-se para mim e para Cheveley, lançando o pomo da discórdia no meio daquela esbórnia: as mulheres más incomodam, meu rapaz, e as certinhas enchem o saco. Eis a diferença entre elas. Não considero espertas as mulheres dessa natureza. Eu as considero estúpidas! Wilde pôs mais lenha na fogueira. Covarde, bruto, matraqueou Allonby. Cheveley concordou com a então desafeta: estou certa disso e vamos visitar as estrelas. As duas levantaram-se e jogaram as saias na face de Wilde. Saíram, de braços dados, para a escadaria, entregando-me à sorte das palavras.

17.

Ao vê-las, abraçadas, deixarem o salão, despertou-me a impressão de presenciar a essência hipócrita da humanidade: havendo interesse mútuo, os inimigos tornam-se, de uma hora para outra, os aliados mais fiéis. Wilde as acompanhou com certa frieza, principalmente Allonby, para comentar com deboche. Ela é como a maioria dos artistas: toda estilo e sem nenhuma sinceridade. Ela, como demonstrou, não tem nada, contudo parece ter tudo. O que se pode querer mais? Allonby era Wilde de saias, pensei. Respeito ou você costuma dizer inconseqüências para os amigos? Notando a minha indignação, Oscar Wilde ficou mais leve e comentou: pode-se ser amável com aqueles que não nos interessam; e o que é uma boa amizade caso não se possa dizer o que se pensa? Qualquer um nos alude maravilhas para agradar e lisonjear, mas é o verdadeiro amigo que diz o que está por trás da verdade e não presta atenção caso provoque dor, pois o que faz é para o bem do outro. Não estou convencido, Wilde. Recorde-se que se deve considerar a sensibilidade envolvida na amizade e, sem delongas, prefiro ficar com a falsa impressão de que tudo vindo de você é bem-vindo. Percebendo que eu não queria entrar em discussão, revelou: meu querido, o relacionamento que começa com um elogio leva ao desenvolvimento de uma amizade verdadeira. Começa-se da maneira correta. Talvez estivesse aí o que eu poderia esperar daquela figura: a importância de ser Oscar. Relaxei. Existe outra maneira de começar ou terminar uma amizade? O sorriso, afirmou. Fez uma breve pausa, buscando-se no purgatório da *velhice* de Cole para refletir: sabe, meu bom jovem, é possível julgar um homem por sua influência sobre seus amigos. Toda influência é má; mas uma boa influência é a pior delas. Na verdade, meu caro, cada grande homem tem os seus discípulos, mas é Judas quem escreve a biografia desse homem. Atentou para um dos cantos do salão que até então eu não havia notado.

A despeito de estar amontoado de quinquilharias, um dos objetos destacava-se: uma reprodução da estátua de São Sebastião. Sorriu. Toda influência é imoral, querido, imoral do ponto de vista científico. Por quê?, retruquei. O homem é um animal racional que perde a paciência ao ser convocado para agir de acordo com os preceitos da razão, porque é fácil simpatizar com o sofrimento de um amigo, entretanto se carece de uma natureza requintada para simpatizar com o sucesso dele. A tudo o que se faz, ganha-se um inimigo. Nesse caso, Wilde, é válido o chavão: para os amigos, tudo e para os inimigos, a lei? Franziu o cenho e repreendeu: é um absurdo dividir as pessoas em boas e más. As pessoas são encantadoras ou tediosas. Há, todavia, duas classes de pessoas na face da Terra: aquelas que acreditam no incrível, como o público, e aqueles que constroem o improvável. Quem constrói o mundo?, provoquei. Abriu o sorriso, antecipando a pergunta: o mundo tem sido construído por tolos para que os sábios vivam nele. Não me aventurei cair em uma de suas armadilhas preferidas: falar sobre Oscar Wilde. Não tinha idéia do meu limite para agüentar aquele cerco. Desse modo, Wilde, você acabará guiado por aparências. Você é tão insolente, mocinho, só as pessoas superficiais não julgam pelas aparências. Revirei o estômago. Fiquei espantado com a resposta; não era o que esperava. Wilde não poderia ser tão vulgar. Ou seria? É uma atitude correta?, devolvi. Sem perder tempo, rebateu: a ética e a seleção natural tornam a existência possível. A estética e a seleção sexual fazem a vida prazerosa, completam-na de novas formas, dando-lhe progresso, variedade e transformação.

Meu bom rapaz, não tenho nenhuma ambição de ser herói popular, ser coroado com louros em um ano e apedrejado no próximo. Prefiro morrer, tranqüilo, no meu próprio leito. Wilde, você é muito, mas muito egoísta, e imagino, sim, que queira ser coroado por loiros! Sorriu, arqueou a pálpebra esquerda para empalar-me: sempre penso em mim e espero que o outro aja dessa maneira, porque é a isto que eu chamo de simpatia. Existem, meu bem, duas categorias de pessoas fascinantes: aquelas que sabem de tudo e as que de nada sabem, e as pessoas inteligentes nunca escutam e as estúpidas nunca falam. Senti-me arder, turvar diante de tanta arrogância. O umbigo sempre será a parte mais importante do corpo, Wilde, pois sintetiza o centro do universo, além do mais todo gênio fala algumas imensas bobagens, assim como todo tolo fala algumas imensas verdades.

18.

As pessoas, pouco a pouco, abandonaram o salão. Estava exausto e minha cabeça latejava. Wilde envelhecera. As rugas aumentaram à medida que o suor lhe descia pela face, carreando-lhe anos. Estava entristecido. Entristeceu mais após contemplar a tapeçaria de Boucher e os quadros de Cole e o do rapaz loiro. Fixou-se neles por um longo período, mas foi interrompido por mim: o que pensa da arte? Deus! Antes não tivesse perguntado. Wilde riu. Dessa vez não foi um sorriso inteligente de aprovação ou falso de negação. Foi compulsivo. Não se cansava dos suspiros: ai, ai. Ele se recompôs e em tom professoral retomou os seus pensamentos. Primeiro: a arte expressa tão-somente a si própria. Segundo: a vida e a natureza são elementos a serem moldados pela arte. Terceiro: a vida imita a arte mais do que a arte imita a vida. Fiz a mesma cara dos meus alunos quando procuro explicar a diferença entre convecção e contribuição convectiva ou entre as derivadas total, parcial e substantiva. Ele notou, claro, e usou-me como quadro-negro para rabiscar vetores e tensores de todas as ordens. A arte, continuou, é a forma de individualismo mais intensa que se conheceu. É o nosso protesto inteligente, é a nossa tentativa educada de pôr a vida no seu devido lugar. Acordei. Vida: a palavra mágica. O rotacional que gira, provoca, e faz com que os alunos regressem à rotina da aula. Tal qual um aluno aplicado, quis explorá-lo até o seu último neurônio. É esse o objetivo da arte em relação ao da vida? De semblante sério, acariciou os anéis gastos. Passou a mão pelo cabelo, agora grisalho, mantendo-o arrumado. O objetivo da arte, meu querido, é a emoção fruto da emoção, e o objetivo da vida é a emoção fruto da ação. Digo ainda que o objetivo dela é o de revelar a obra e ocultar o artista, pois a arte espelha o espectador e não a vida. A escola apropriada para aprender arte não é a da vida, mas a da arte. Se um homem trata a vida artisticamente, o seu cérebro está no coração. Ajeitei-me na cadeira e não lhe permiti completar o raciocínio: o que distancia mais a emoção da razão, Wilde, revelando a arte apenas a iniciados, vulgarizando o ser humano e o impedindo de provar novas sensações.

Abufelou sem qualquer cerimônia. Há dois modos de não gostar de arte, querido: um é não gostar; outro é gostar utilizando o cérebro, e isto é o que se deve dizer da mais criativa das artes modernas, além de ela ser menos vulgar do que a realidade. Wilde, ao estancar em um pensamento, perdia-se em si e enclausurava-se em uma colcha de frases feitas. Dava-me a impressão de ele estar em processo de turbulência mental. No meu caso? Estava imerso naquele mar insosso de verborragia. A vida imita a arte?, questionei. Sim, meu bem. Não havia como tirar sal daquela pedra, a não ser soprando o ego daquele gel rochoso. O artista, Wilde, quem é essa figura? Meu jovem, o artista é o criador do que é belo. O verdadeiro artista é alguém que acredita, de fato, em si mesmo, pois ele é, de fato, ele mesmo. Com essa colocação, ele apontou a pérola que faltava naquele oceano e me impulsionou a pegar outras ondas e assim alcançá-lo. Fico na dúvida, Wilde, a esta altura, a respeito do que é ser si próprio. Há vários artistas que se complementam nos da mesma estirpe, trocando espaços uns com os outros ou os abrindo para aqueles que nem sempre refletem qualidade ou beleza. Estacionou o seu olhar no meu, acaso pensando: você quer que eu responda? Arrumou-se na cadeira, olhou para a *velhice* de Thomas Cole e respondeu: vivemos em uma época em que a pessoa trata a arte como forma de autobiografia. Os artistas ruins admiram os trabalhos uns dos outros, meu caro, e consideram normal este comportamento. O verdadeiro grande artista não concebe a vida exibindo-a ou a beleza que está em moda sob condições diferentes daquelas que ele escolheu. Senti um baque.

Ele, não; continuou falando: os únicos artistas que conheci e que são pessoalmente deliciosos são os artistas ruins. Os bons existem naquilo que fazem e, por conseguinte, são desinteressantes no que são. Inclusive os poetas?, indaguei. Wilde engasgou e me advertiu que toda poesia ruim desperta de um sentimento genuíno. Ser natural é ser óbvio, meu bom moço, e ser óbvio é não ser artístico. Eis a oportunidade! Levantei-me por uns instantes. Caminhei pelo salão e retornei à minha cadeira com ínfima munição para o meu estilingue de pedras de algodão para dizer: seja qual for o nível de elaboração, a poesia revela-nos ou em um arranjo concreto de símbolos ou no caráter universo-infinitesimal dos epigramas ou na rigidez de um soneto. O poeta, mesmo medíocre, expõe-se. A poesia reflete. Um reflexo do poeta para o meio e deste para aquele. Por mais que tente o solilóquio, o poeta é duo: há a dicção dele para com ele e dele para com o outro. A poesia delata, ainda que o poeta busque a distância daquilo que escreve. Meu querido, como você é esperto! Um grande poeta, um grande poeta mesmo é a menos poética das criaturas, enquanto os poetas menores são primorosos, e quanto piores forem os seus versos, mais originais serão. A proeza de ter publicado um livro de poemas de segunda faz uma pessoa irresistível. Ela vive a poesia que não pode escrever. As outras fazem a poesia que ela não ousa escrever. A questão é: não existe arte onde não há estilo e onde não há estilo não existe o individual. Para um grande poeta só existe um método: o seu próprio, porque onde não existe estilo o padrão é impossível. Não consegui ficar distante daquele comentário: o poeta faz o melhor que pode e... Wilde interrompeu-me: é com as melhores das intenções que as piores coisas são feitas. Procurei esconder o sorriso. Ele percebeu e pediu desculpas pela interrupção. Caçando-me nos alfarrábios da memória, ponderei: a questão do estilo é histórica e cria mitos malditos, inclusive você, que escreveu obras as quais a sociedade considerou imorais. Moral? Levei as mãos ao rosto, esfregando-o impaciente. Ele entendeu e me acalmou: os livros ditos imorais são aqueles que mostram a vergonha da sociedade. Não existe livro moral ou imoral. Os livros são bem ou mal escritos, só isso. Oscar Wilde não estava bem. Tive a nítida impressão de que ele engordara uns dez quilos em menos de dez segundos. Descartei a observação. Não sabia se Wilde estava incomodado com a sua gordura ou com a da conversa. Ele desfez a dúvida ao andejar: qualquer um pode escrever um livro de três volumes, basta ser um completo ignorante sobre os assuntos da vida e da literatura. A literatura antecipa a vida. Não a copia, mas a molda segundo seus propósitos. A verdade nunca é simples, poucas vezes é pura, e a vida seria um tédio se fosse vulgar, levando a literatura à completa impossibilidade. Sempre foi assim, Wilde? Os historiadores antigos, meu querido rapaz, nos deram uma ficção deliciosa na forma de fato; o romancista moderno nos apresenta fatos grosseiros disfarçados em ficção. Existem autores que buscam ou buscaram no passado temas para criar a sua literatura, confidenciei. A postura maternal de Wilde tornava leve o peso de Atlas, transpondo-a na voz pausada ao sopesar: a arte medieval, por exemplo, é encantadora, mas emoções medievais são obsoletas. É claro que se podem usá-las na ficção. Por outro lado, as únicas coisas que se podem usar na ficção são aquelas que já foram utilizadas. Cuidei do umbigo e emendei: o que pode ser aplicado aos escritores que lançam mão de jornalismo fácil, utilizando diálogos com autores do passado, como estivessem vivos, a partir de citações de sua obra? Não é um trabalho de quinta categoria, irresponsável, inconseqüente, imaturo, medíocre e de fácil colagem? Seus leitores são médios, não especialistas e não exigentes? Wilde apenas sorriu da minha empáfia e limitação, ignorando-a com indiferença gélida e titânica. Olhou à nossa volta e, vendo aquelas pessoas, aos poucos, desaparecerem ao final da escadaria, ponderou: as únicas pessoas reais são as que nunca existiram, meu bom rapaz, e se um romancista é ruim o bastante para dar vida aos seus personagens, ele deveria, pelo menos, fingir que tais personagens são criações e não ostentações do autor enquanto cópias. Edições baratas de grandes livros, continuou, podem ser deliciosas, mas edições baratas de grandes homens são detestáveis. Oscar Wilde descansava o sorriso e a gentileza disfarçados de agressão no ombro direito, repuxando a boca toda vez que estava pensativo. O que me surpreendia, apesar do abatimento de Wilde, era a minha sensação de ser sugado. Ele me observava como cirurgião. Não. Minto. Como um vampiro para dar sentido à sua existência. Em vez de sangue, ele extraía a minha ignorância. Falar é fácil, o difícil é... Wilde alterou-se com o meu apontamento e disparou: é mais fácil falar do que fazer? É o tipo do erro popular, meu jovem: é mais difícil falar do que fazer. Qualquer um pode fazer história, mas somente um grande homem pode registrá-la, e a nossa dívida para com a História é reescrevê-la.

19.

Fomos interrompidos de novo. Dessa vez ninguém veio à nossa mesa. Um grupo de pessoas, em frêmito, entrou e saiu do salão. Wilde esperou a calma do ambiente e retomou a conversa: aqui é o país mais ruidoso na face da Terra. Em um *saloon*, nas Montanhas Rochosas, vi um método racional de crítica de arte que jamais tinha visto. Em cima do piano estava impressa uma advertência: *por favor, não atire no pianista: ele faz o melhor que pode*. A mortalidade entre pianistas naquele lugar era impressionante! Quase subi na mesa. Ri de tal modo que os candelabros tremularam. As pessoas, em trânsito, detiveram-se por um instante para ver o que estava acontecendo. Wilde observava-me e conservava eterno sorriso de satisfação. Recomposto, respirei as palavras como uma grávida antes do parto. Ficamos por instantes contemplando aquelas pessoas. Ao me lembrar da história do pianista, voltava a rir. Tranqüilizei-me e perguntei a respeito daqueles que criticam sem terem experimentado escrever sequer um verso. A face de Oscar Wilde tornou-se mais vívida do que o usual e não deixou barato: é pelo fato de um homem não poder fazer algo que ele é o mais apropriado para julgá-lo. Essa atitude, Wilde, não levaria à destruição da obra sem o devido cuidado da experimentação? Meu querido, é mais difícil destruir do que criar, e a tarefa da destruição necessita não só de coragem, mas de desprezo ao se intencionar acabar com a vulgaridade. Você pode gerar indignação e revolta por parte dos artistas, anotei. Meu caro, divirto-me com a vaidade menor dos escritores e dos artistas de nossos dias que pensam que a função principal do crítico é tagarelar sobre suas obras de qualidade duvidosa. A crítica demanda mais cultivo do que a criação. A tendência da criação é a de repetir a si própria, e o instinto criativo não inova, apenas reproduz. Fui impulsionado a outra indagação: o crítico, dessa maneira, nega o outro para a sua auto-afirmação e não se importa com o que o artista quer mostrar? Passou o lenço pela testa, limpando-a de cansaço momentâneo, para responder: o primeiro passo na crítica é perceber as suas próprias impressões. A crítica, em si, meu caro, é arte. Confesso que não havia entendido e estava entediado com o assunto Arte e vociferei: os críticos existem por uma simples exigência da natureza dos sanguessugas! Inclinou-se na minha direção com dificuldade, tendo em vista a gordura exagerada que aumentava como se fosse um balão de ar inflado por pulmões invisíveis. Beliscou-me as bochechas do modo como se faz às crianças. Que discurso formidável, benzinho, do jeito que gosto: tão simplório e tão sincero! Nenhum grande artista vê as coisas como elas são. Se o fizesse, ele não mais seria um artista. Dessa maneira, Wilde, como as pessoas que não são artistas avaliam uma obra de arte? Céus! Quando as pessoas dizem que um trabalho é ininteligível, meu rapaz, elas querem dizer que o artista disse ou fez algo belo que é novo, e ao descreverem um trabalho como imoral, querem dizer que o artista disse ou fez algo belo que é verdade. O público tem uma curiosidade insaciável de conhecer tudo, exceto aquilo que vale a pena. Engoli em seco. Contemplei a tapeçaria de Boucher e, em seguida, a cara de cavalo de Oscar Wilde. Você menospreza a capacidade do outro, Wilde, coroando-se de sabedoria para discorrer sobre a erudição alheia, a qual desconhece. O gostar do outro cabe ao outro. Não existem regras, leis, critérios, diretrizes, olhares para reconhecer o Belo. Uma das funções da arte é a de o artista liberar o seu trabalho para inúmeras interpretações. Você faz a leitura-do-que-o-outro-acha-que-gosta. Convenhamos, Oscar Wilde, um pintor, por exemplo, trabalha a sua obra do jeito que julga apropriado para a sua arte, e o público vê o que gosta e o que lhe satisfaz. Sorriu e balançou a cabeça em sinal de reprovação. Meu jovem, a maioria dos pintores está fadada ao esquecimento. Eles jamais pintam o que vêem. Eles pintam o que o público vê, e o público é cego. Sem argumento, apontei para a parede oposta à escadaria: aquele quadro não existe? Desconcertou-se e contemplou além do que estava retratado. Era um pequeno quadro em uma moldura bastante antiga e um tanto gasta. Um retrato de um jovem com trajes do fim do século XVII. A pessoa estava de pé, próxima a uma mesa, na qual descansava a mão direita sobre um livro aberto. O rapaz aparentava dezessete anos e tinha uma beleza extraordinária. Meu caro, caso não fossem a roupa e o cabelo curto do retratado, um desavisado diria que a face, com aquele olhar melancólico, sonhador e os lábios delicados, era a de uma menina. A pintura parecia reter muito mais do que um simples retrato. Quadro singular, não?, comentei. Deparou-se no quadro como um estudioso das expressões do ser humano, guardadas longe das moradas das tintas, e ficou calado. Quem é o guri?, insisti.

20.

Sobressaltou-se e soluçou: Bosie! Voltou-se ao quadro do moço loiro mas, em vez do retratado, parecia falar de alguém vindo a nós. Fiquei sem jeito. Tentei disfarçar e perguntei em voz baixa: Bosie? Aquele que... Trêmulo e quase inaudível, revelou: Lorde Alfred Bruce Douglas, ele é impossível! O que posso fazer? Bosie, como se saltasse do quadro, aproximou-se. Não se atreveu a sentar e nem a se dirigir a Wilde. Estudou-me. Oscar Wilde permaneceu imóvel, cabisbaixo. Notando o comportamento de Wilde, Lorde Douglas o ignorou, mas não a mim: alegro-me por você não ter ido dormir. Tenho brigas homéricas com Oscar e queria conversar contigo sobre isso. Você sabe que, na época em que as peças dele eram encenadas em Londres, Oscar era rico e me dava algum dinheiro. Agora ele diz que é a minha vez. É ridículo, não concorda? Alfred Douglas era bonito, esbelto, com grandes olhos azuis e cabelos dourados. Um menino com uma expressão próxima de ser chamada angelical. Fiquei boquiaberto com a tagarelice do rapaz. Esnobando Wilde, Bosie continuou: diverti muito mais a Oscar do que ele a mim. Era delicioso vê-lo sem jeito ao ter de pagar tudo. Atento ao que Bosie vomitava, vi Oscar Wilde de um modo que, porventura, ele não desejasse: era-me um fantasma sem nenhum assombro. Não acreditei no que ouvi. Wilde abandonou tudo por aquele moço. Sacrificou a sua relação com os filhos e Constance, a esposa. Foi exposto ao ridículo por uma sociedade hipócrita por paixão àquilo? Rosnei a Bosie: como você tem coragem de explorá-lo? Não basta ser você o causador de toda a desgraça dele? Que homenzinho engraçado é você, não?, retrucou Bosie. Oscar é tão terrível! Um sem-vergonha. Ele implora, implora e implora. É claro que lhe dei dinheiro, bastante dinheiro, muito mais do que ele a mim. Oscar é insaciável, extravagante e irresponsável. Evidente que quero ser justo e já lhe devolvi o que me foi dado. Não é o suficiente para alguém saber que tipo de pessoa eu sou? Fiquei quieto e pouco mais envelhecido. Jamais havia experimentado tamanho asco. Oscar Wilde ficou paralisado, como se Alfred Douglas fosse a sua penitência. Se Sísifo tinha a sua pedra, a de Wilde chamava-se Bosie. Comentei com Oscar Wilde: por que você não o abandona? Não posso. Eu não posso. Bosie deu-me um sorriso vitorioso. Mais uma vez humilhara o velho Wilde. Lorde Douglas saiu como entrou: nas nuvens e com fantasmas a seus pés. Para pisotear de vez o coração de Wilde, cantarolou, de costas, enquanto escalava a escadaria aos pulinhos: Sonhei com você ontem à noite, vi sua face/Toda radiante e livre de angústia,/E como um velho, tateando sons,/Ouvi sua voz dourada. Notei, pela primeira e última vez, lágrimas em Oscar Wilde, as quais começavam a tingi-lo em vermelho-tristeza. Bosie foi ver a

Lua prateada de Salomé e as estrelas mágicas de Allonby e Cheveley, para encontrá-las além das escadarias do *Triunfo do amor.*

21.

Em seguida a um breve silêncio, Wilde desabafou: Bosie tanto me assustava quanto me atraía. Eu mantinha alguma distância, mas não era o que ele queria. Procurava-me e procurava-me. Não pude resistir-lhe. Essa foi a minha falha e o que me arruinou. Ele aumentava de tal modo as minhas despesas, que não mais as conseguia controlar. Tentei livrar-me de Bosie inúmeras vezes, mas ele voltava e eu, ai, me rendia. Havia em Wilde uma profunda melancolia. Tomou um copo de licor da amargura e assim obstruiu os seus sentimentos à medida que sorvia o líquido acre do sofrimento. Renda-se!, exclamei angustiado. Abriu-se em uma felicidade contida e espontânea. Com o coração livre, ele cerrou os olhos, tragando uma fragrância vinda do fundo de sua alma. Do fundo de sua alma, olhou para a minha. Ficou quieto por alguns instantes, inclinou a cabeça para trás e, aspirando os ares de suas paixões, rendeu-se ao dizer-me um de seus poemas: Amo seus olhos trêmulos de topázio/Luzes que inflamam ruas escuras,/Amo o seu corpo e como ele se deita/Feito âmbar em folhas sedosas.// Amo o cabelo da cor do mel/Ondulando em seus quadris de marfim,/Amo o ar lânguido e sôfrego/Com o qual você me beija os lábios de moço.// Amo a veia azul transparente/Que arde em seu ombro,/Amo suas unhas rosadas que brilham/Como fossem pétalas roubadas de uma flor.// Amo a sua boca rubra,/O dorso dourado, o pescoço bronzeado,/Da cor da canela/Com manchas purpúreas aqui e acolá.// Amo os arcos sobre os quais dobram/Suas pálpebras de calcedônia,/E muito mais do que tudo, meu amor, amo/Sua castidade linda e violenta. Experimentei a sensação de a Lua surgir através de uma juba de nuvens douradas. De olhos abertos, comentou: tenho de pedir desculpas a você, meu amigo. Por sua poesia, Oscar? Está perdoado. Pode-se perdoar tudo, continuei, até poesia ruim. Ele não demonstrou reação. Ficou quieto como as estátuas de Narciso e de São Sebastião. Continuei sensibilizado. Como pode, ainda, dedicar poemas a Bosie? Imagino até que ponto a relação com Lorde Alfred foi fundamental na vida de ambos. Vendo aqueles quadros, em especial o do moço loiro, sou tentado a crer que Bosie sintetizou o que Oscar Wilde mais defendia: a vida imita a arte. Reflito sobre as eternas discussões entre pais e filhos, marido e mulher, enfim, nas prioridades entre paredes, e coitado daquele que se arvora em dar pitacos. Aqui, eu poderia resgatar um dos epigramas de Oscar Wilde como possível saída: a vida íntima dos casais não deveria ser levada a público. O público não tem nada com isso. Eu, nada com isso? Fosse assim, o que eu fazia ali? Mero coadjuvante; um escada sem categoria para um palhaço aposentado, inchado e cheirando a podre? Todavia, eu não podia ficar parado vendo-o sofrer. Apesar do poema, ele continuava ferido com o descaso e a desvalia do seu rapaz. Não me interessava provocá-lo na sua intimidade, seria covardia: como chutar bêbado. Wilde, abatido, procurava brilhos nas velas do candelabro. Voltou a sorrir e percebeu a minha intenção de tirá-lo do luto que o assolara. Brincando com os anéis, pendeu a cabeça um pouco para a esquerda, disfarçando o tique nervoso. Olhou os quadros do salão, reservando atenção especial para a tapeçaria *Triunfo do amor*. Acompanhei-o e vi Alfred Douglas desaparecer, enquanto outra pessoa surgiu e ficou parada junto à porta, existente a poucos metros do fim da escadaria, para ali permanecer e acenar em nossa direção. Dava-me a impressão de ser um porteiro. Oscar Wilde não deu atenção à gesticulação daquela pessoa e comentou: foi devido à humanidade nunca saber aonde iria que ela encontrou o seu caminho, pois a ignorância é como uma delicada flor exótica; toque-a que ela desabrochará. Fui nocauteado. As palavras estavam escassas. Como poderia confortá-lo, Oscar? Sinto-me uma criança por tantas perguntas impertinentes. Após vê-lo falar com rapidez e manter a voz afável, remeti-me à lareira, cujo fogo extinguira-se. Dos dois narcisos: a flor e a estátua de bronze; não consegui enxergar, incluindo o próprio Wilde, qual dos três narcisos seria o seu próprio reflexo, fugindo da lâmina superficial do espelho de si mesmo. Ao mergulhar no espelho de seus olhos, notei que Oscar Wilde fluía distante do narcisismo da auto-admiração, para buscar a sua própria compreensão. Wilde desaparecia nessa viagem. Ao retornar, vi que o espelho-lago era o outro, e conscientizava-se de que nele sempre existira o outro, e de que este era, em parte, a maturidade que lhe faltara para tratar suas fraquezas. Viajou para fora de si, colhendo o resultado da sua concepção sobre arte e morder a língua. Naquele instante, naquele exato instante, a arte imitava a vida. Ele sorriu. Um gesto que se tornara familiar e me consolou: as perguntas nunca são indiscretas; as respostas, às vezes, sim. Meu jovem amigo, fazer uma pergunta é louvável, mas não existe mérito em respondê-la; aliás, é a curiosidade a única razão de se desculpar alguém por sua pergunta. Sorri, creio, pela última vez. Levei o olhar ao topo da escadaria. O tal porteiro, de branco, apontava para nós. Tem alguém, sob o candelabro, chamando-nos, revelei. Limitou-se ao silêncio e não considerou o local por mim apontado. Com a voz suave e rouca por tanta conversa desnecessária, discorreu: meu bom amigo, ache a expressão para a tristeza, e isso lhe será confortante. Ache a expressão para a alegria, e você intensificará o seu êxtase. Estendeu uma das mãos, leve, no meu ombro direito, impedindo-me de levantar. Notei, em seus mindinhos, os anéis de esmeralda, cada qual com símbolos, suponho, cabalísticos; o do anel da mão esquerda representando a alegria, enquanto o da direita, a tristeza. A mão pousada em meu ombro era a esquerda; e a direita, usada por Wilde para enxugar resquícios de lágrimas. Com esforço sobre-humano, fez uso das duas mãos para apoiar-se sobre a mesa e, dessa maneira, levantar-se. Estava gordo e envelhecido. Caminhou em passos lentos, contados, deixando-me sozinho. Vendo-o partir e vencer, com dificuldade, aqueles degraus, não consegui ficar calado: o que a prisão lhe causou?

22.

No topo da escadaria, virou-se. Sua face resplandecia sob o candelabro. O corpo, enorme, confundia-se com a tapeçaria de Boucher. Fui atraído para os olhos de Oscar Wilde. Ao mergulhar em seu olhar, encontrei-o rejuvenescido, de cabelo longo, preto e liso, aparentando vinte e poucos anos mais moço que do instante em que ele me acudiu da queda. Vestia terno branco abotoado com inúmeros e minúsculos botões de madrepérola. Um avental de pele de cordeiro cobria-lhe os quadris. Calçava sapatos brancos e envernizados. Portava uma espada no cinturão vermelho, incrustado com ametistas e diamantes. Estendeu-me a mão direita, protegida por luva de pelica, para nos aventurarmos por não sei onde. Levitamos por um corredor, creio, de uma prisão. Uma profusão de imagens, sons e cheiros nos envolveu. Havia forte odor de urina, aquele que habita os corredores estreitos de um asilo malcuidado para idosos ou dos becos das grandes cidades. Os sons eram gritos, lamentos que ecoavam entre as celas. As pessoas estavam distorcidas, disformes. Apenas identificadas com números: A2.11, F1.9. C3.3 era uma pessoa alta, magra e de cabeça raspada. Estava de costas e escrevia. Sobre os seus ombros, li passagens aleatórias. Ei-las: depois de longa e infrutífera espera, determinei-me a escrever para você. Lembre-se de que o tolo para os deuses é bastante diferente do tolo para os homens. Ah, você já teve alguma aspiração na vida? Uma aspiração é um objetivo intelectual. O vício supremo é a ignorância. Nada, seja qual for o período da minha vida, foi tão importante quanto a arte. Mas, no caso de um artista, fraqueza é um crime que paralisa a imaginação. Na vida não existe o grande ou o pequeno, mas o igual. Os deuses são estranhos. Eles usam os nossos vícios como instrumentos para nos flagelar. Eles nos arruínam naquilo que em nós é bom, gentil, humanitário. A meta do amor é amar; nem mais nem menos. Não existe prisão em que o amor não possa forçar a entrada. O tempo e o espaço, sucessão e extensão, são meras condições acidentais do pensamento. A imaginação pode transcendê-los muito mais em uma esfera ideal da existência. Quando o preso C3.3 virou-se, vi que era Oscar Wilde. Os dois Wilde ficaram face a face e, em seguida, voltaram-se para mim. Oscar C3.3 não tinha olhos, mas fossas que me tragaram para outro túnel. Novamente experimentei uma sucessão de emoções. Ouvi o vento sussurrar, o canto de pássaros, e senti um odor refrescante de flores silvestres. Caí em uma grama verde e macia, com a sensação de ter saído de um dos olhos de uma estátua fosca e acinzentada que representava um menino. Uma andorinha e um rouxinol saíram daquela estátua e pousaram em sua cabeça. Atentei para o lugar: um jardim imenso e adorável. Havia doze pessegueiros que explodiam suas delicadas flores aperoladas. Os pássaros voaram e pousaram nas árvores e cantaram como nunca. A andorinha desapareceu nas nuvens com uma pequena safira no bico, enquanto o rouxinol foi às roseiras que ficavam perto de onde eu estava. As rosas brancas eram tão brancas quanto a espuma do mar e mais brancas do que a neve na montanha. As rosas amarelas eram como os cabelos de uma sereia, sentada em um trono âmbar, e mais amarelas do que os narcisos que florescem no prado. Escutei uma voz estrondosa: se quiser uma rosa vermelha terá de tê-la com música sob o luar e tingi-la com o sangue do seu peito, tirado pelo meu espinho. Você terá de cantar a noite toda, enquanto o espinho lhe perfura o coração. O sangue da sua vida fluirá em minhas veias, tornando-se meu. Aproximei-me e vi o rouxinol espetando-se em uma roseira branca. O pobre pássaro apertava-se nas hastes recheadas de espinhos. Ouvi um assobio alto, revelando um grito amargo de dor, e quanto mais o rouxinol se espetava, mais dolorido, selvagem era o seu canto, levando o amor a ser aperfeiçoado pela morte. A roseira branca tornou-se vermelha. A voz de trovão desviou a minha atenção: o jardim é meu; serão processados os que se atreverem a visitá-lo. Virei-me e encontrei a andorinha morta aos pés da estátua e, no bico do pássaro, o azul do céu aprisionado em uma safira. Ao contemplar a estátua fui sugado para o seu interior e, ao retornar a Oscar C3.3, percebi que ele não estava mais lá. Eu, porém, conservara as mãos dadas com as de Wilde, o jovem com o avental de pele de cordeiro. Ele estivera ao meu lado naquela viagem sem que eu o percebesse. Fomos remetidos a outro lugar: quarto pequeno com uma janela diminuta, que permitia a passagem de uns poucos raios de sol. Paris, talvez, no alvorecer do século XX. Encontramos um homem em posição fetal deitado em uma cama comum. Gordo, pálido-esverdeado, estava nu. A sua gordura parecia-me ser inchaço devido a líquidos pútridos que lhe vazavam pelo ânus. As suas costas revelavam-se em manchas roxas desde os ombros até os rins. Passados alguns minutos, o moribundo explodiu. Muco, pus e sangue jorraram por seus orifícios. O homem era o próprio Oscar Wilde na hora da morte. Entrei em pânico. Nunca presenciei tamanho horror. Fui puxado por Oscar, o jovem do avental de pele de cordeiro. Senti um solavanco e, ao dar por mim, estava sentado à mesa do salão vitoriano. Olhei para a escadaria e o encontrei com a mesma aparência do nosso primeiro encontro. Rejuvenescido, magro, vestia o casaco verde-escuro, de lírio na lapela, parado sob o candelabro. Abriu-me um sorriso meigo e discreto, envergonhado pelo dente cariado, para dizer: você tem idéia de como a compaixão é maravilhosa? Durante os meus primeiros seis meses na prisão, eu estava tão infeliz e miserável que cheguei a cogitar o suicídio, mas ao olhar à minha volta e perceber a infelicidade de outros prisioneiros e os vendo igualmente miseráveis, fui abatido por profunda tristeza e compaixão. A compaixão salvou-me do suicídio. Agradeço a Deus todas as noites. Sim, de joelhos, agradeço-Lhe ter-me mostrado a compaixão. Cheguei à prisão com o coração de pedra, pensando no meu próprio prazer. Agora o meu coração está vencido: a compaixão apoderou-se dele. Senti-o acorrentado por algemas dos pecados e das virtudes do mundo. O meu corpo estava dolorido, como se eu tivesse retornado de uma longa jornada. A minha cabeça doía muito. Quem é você?, perguntei atordoado. Ofuscado por luzes, não consegui identificar de onde elas saíam: das chamas das velas no candelabro ou dos olhos de Oscar Wilde. Escutei um sussurro vindo da parede que abrigava o *Triunfo do amor*: sou poeta. Nasci para cantar a alegria e o orgulho da vida, o prazer de viver, o encanto de cada coisa bela que se possa experimentar. Eles me arrebataram e torturaram até eu conhecer a tristeza. Hoje não posso cantar a alegria, meu amigo, visto que conheço o sofrimento e não nasci para cantá-lo. Renego-o e quero cantar o amor, a alegria e o prazer. É a alegria que move a minha alma. Eu cantaria a música de Apolo, o Deus-Sol, mas eles me forçaram a cantar como Márcias torturado, por eu ter desafiado aos deuses com a minha arte. O salão foi inundado por odor inebriante de rosas e com o perfume mais delicado dos lilases selvagens. Oscar acenou, com a mão esquerda, esvaindo-se no alto da escadaria, junto da chama que insistia em bruxulear na última vela no candelabro para, finalmente, apagar-se.

23.

Em uma fração de segundo notei que eu estava em uma das mesas da cafeteria da Book Tellers. O salão vitoriano, as estátuas, a escadaria, a tapeçaria de Boucher e os quadros de Cole evaporaram. Um desmaio momentâneo. Quem sabe o café frio, o culpado do tombo e da possível batida de cabeça. Ao meu lado, uma toalha branca manchada de sangue e não havia rouxinol e nem roseiras por perto. Levei a mão à testa e constatei que era o meu. Uma pessoa, alta, gentil, havia me socorrido e dispensado o segurança da livraria que apareceu oferecendo ajuda com um pequeno frasco com óleo de rosas. As pessoas continuaram folheando jornais e revirando revistas. Entrando e saindo. Outras tomando café e sonhando paixões. A vida em Indiana continuava como se nunca existisse. Reparei um dos cinco livros caídos sob a mesa na qual eu estava debruçado: *The Works of Oscar Wilde*. O livro estava aberto em uma página marcada por um cartão de visita bastante antigo. Sorri e observei o painel e, em particular, ao Wilde, agora revelado, nele posto. Pensei: *pena ser tudo uma grande mentira.* Eis que me ocorreu: *cedo ou tarde a sociedade deverá retornar ao seu líder perdido: o mentiroso culto e fascinante.* A voz doce e calma de meus fantasmas foi-me aventada: *dever-se-ia ser sempre um pouco inverossímil.* Olhei a mesa ao lado, a garçonete. Levantei. Voltei-me ao painel. Olhei a mesa ao lado, a garçonete. As pessoas da mesa ao lado e a garçonete, escreva-se a verdade, estavam caracterizadas ao molde dos personagens retratados na parede da cafeteria, pois naquele dia inaugurava-se o tal do painel. O fato é que decidiram dramatizar trechos das obras dos personagens retratados no mural, por meio da performance de um grupo de alunos da Escola de Artes da Purdue University. A eternidade de um tombo é impressionante. Fui embora imaginando em que nuvem estaria repousando aquele anjo torto que desenhei no chão de West Lafayette, e encafifado em relação à razão de Fernando Pessoa estar retratado, no painel, entre os poetas norte-americanos e o dândi irlandês. Tempos depois me disseram que um dos donos da Book Tellers era apaixonado pelos poemas ingleses do português.

Curtain

Este livro foi composto na tipologia Rotis Serif,
em corpo 11/16, e impresso em papel
Off-white 90g/m², no Sistema Cameron da
Divisão Gráfica da Distribuidora Record.